Ana Maria Ducuţă & Raluca Adriana Muntean

Întreabă-mă despre eternitate

Ana Maria Ducuță & Raluca Adriana Muntean

Întreabă-mă despre ETERNITATE

EVR!KA PUBLISHING

Editat de **Evrika Publishing SRL**.

Descrierea CIP a Bibliotecii Naţionale a României
DUCUŢĂ ANA MARIA,
Întreabă-mă despre eternitate / Ana Maria Ducuţă & Raluca Adrian Muntean. - Bucureşti : Evrika, 2022
ISBN 978-606-95250-6-7
I. Muntean, Raluca Adriana
159.9

Tehnoredactare: Manuela Stoica
Design copertă: Aurelian Leahu

EVRIKA PUBLISHING
ENTUZIASM
VIZIUNE
REZULTATE
!NOVAŢIE
KARMA
ACŢIUNE

Redacţie:
tel.: 0732.320.666
e-mail: redactia@evrikapublishing.ro
evrikaaa.ro
Evrika Publishing
evrika.publishing

ujmag.ro UNIVERSUL JURIDIC MAGAZIN
Librăria UJmag:
tel.: 0733.673.555; 021.312.22.21
e-mail: comenzi@ujmag.ro
ujmag.ro
Ujmag.ro

Despre autoare

Muntean Raluca Adriana are 23 de ani. Este studentă în anul patru la Facultatea de Medicină Dentară *Carol Davila* din București și se pregătește să devină medic stomatolog.

În prima parte a vieții sale, Raluca își petrecea ore în șir la măsuța specială pentru bebeluși, desenând. A ținut creionul în mână înainte să meargă sau vorbească. După ce a participat la numeroase concursuri de profil, olimpiade de desen și competiții internaționale, acum desenul a rămas o pasiune utilă. De ce utilă? Pentru că Raluca este autoarea coperților cărților *Iubire versus Neiubire, Ego-ul, Otrava Iubirii, De la durere la vindecare*. Pasiunea pentru desen a fost prima, dar cea pentru muzică nu a întârziat să apară. Până să ajungă la secția de Filologie a *Liceului Bilingv Miguel de Cervantes* din București, Raluca a participat la festivaluri de muzică precum *Festivalul Callatis, Steluțe pe portativ, Tineri Interpreți, Festivalul de Muzică Francofonă,* obținând nu doar premii, ci și bucuria emoției trăite alături de public. Își compune singură piesele de la vârsta de 13 ani, și până acum a scris cincisprezece piese. Pianul este o altă îndeletnicire pe care Raluca a descoperit-o drept extrem de folositoare în compunerea liniilor melodice ale pieselor. Raluca a scris piese și pentru alți artişti cunoscuţi, aşa cum este cazul piesei *Prea târziu*, produsă în colaborare cu HaHaHa Production.

La vârsta de 14 ani începe o primă colaborare la Mango Records, în colaborare cu Mikell, piesa *112*. Prima compoziţie muzicală a Ralucăi, al cărei videoclip îl puteţi urmări pe youtube, este ***Eternal Love***, poate o presimţire a prezentei cărţi, în care iubirea eternă are rolul principal. Tema iubirii însoţeşte întreg parcursul muzical al Ralucăi, iar următoarea piesă compusă de ea, ***Nu te mai cunosc*** este despre starea pe care o ai atunci când pleci de lângă omul pe care îl iubeşti cel mai mult. Videoclipul piesei urmăreşte parcursul de la copilărie la maturitate, pe care îl parcurgem în căutarea propriului suflet. Dintre piesele de suflet amintim ***Memories, Give it a Try, Parte din mine,*** care sunt scrise în acelaşi ton optimist, punând iubirea mai presus de orice alt imperativ al vieţii. ***At long last, All I need, Alte Vieţi*** completează drumul parcurs de fiecare dintre noi către regăsirea şi păstrarea acestei iubiri vii în viaţa noastră. Piesele sunt filmate în multe dintre locaţiile unde au fost chiar compuse de către Raluca, pe malul mării din Eforie Sud sau pe faleza din Augusta, Sicilia.

Cel mai recent album muzical al Ralucăi, ***El Jugador,*** cuprinde patru piese în limba spaniolă şi engleză, pe care le-a compus având în minte acest proces de vindecare şi recuperare emoţională (*El Dolo, La mentira, El jugador, No soy tu*). Acest album este disponibil pe toate platformele digitale internaţionale.

Cele mai recente videoclipuri ***Vidul*** şi ***Fantoma*** sunt starea pusă în versuri şi muzică pe care Raluca a trăit-o în timpul pandemiei.

Dr. Ana Maria Ducuță are 31 de ani și provine din Slobozia, un orășel mic din sud-estul României. De la vârsta de șapte ani, Ana Maria a avut propria emisiune la radio în direct, de trei ore, în fiecare sâmbătă și duminică. La șapte ani era singurul copil din România care era angajat al unui post de radio. Din 1996 până în 2001, Ana a fost realizatoarea și prezentatoarea emisiunii "Campusul copiilor" unde timp de 3 ore în fiecare sâmbătă și duminică realiza, și prezenta o emisiune pentru copii în care tinere talente spuneau poezii, cântau sau participau la concursuri de cultură generală. Ana Maria a fost astfel invitată de posturile TV naționale care au făcut interviuri cu ea, la emisiuni la TVR1 ("Obiectiv"), Antena 1 ("Duminica în familie"), TVR 2, ProTV ("Sub semnul întrebării cu Adrian Păunescu), Prima TV și Acasă TV, pentru a vorbi despre realizarea unei emisiuni de radio, complet organizată și prezentată de un copil. De asemenea, de la vârsta de zece ani, Ana a fost colaboratoarea ziarului „Concret" unde a publicat o serie de articole săptămânale, care au ajuns mai târziu să fie publicate în prima sa carte „De la radio... în lumea poveștilor pentru cei mari». În timpul liceului, Ana Maria a inițiat primul grup de teatru în limba franceză, grup care a participat la numeroase festivaluri, la nivel național și în străinătate. Ana Maria a scris teatru absurd în franceză, iar piesele sale au fost puse în scenă la multe festivaluri locale din România, dar și din Franța.

Jucând și scriind teatru, Ana a publicat prima sa carte la nivel internațional în 2012, scrisă în limba engleză, *Teatru absurd contemporan: Iubește-mă, dar nu te îndrăgosti.* (*Contemporary absurd theater: Love me, but do not fall in love with me*). Pasiunea pentru limbi străine a făcut-o să meargă mai departe, dând astfel examene internaționale pentru competențe lingvistice: *Cambridge Certificate of Advanced English C1, DELF* (Diplôme Approfondi de Langue Française) B2, *DALF* (Diplôme Approfondi de Langue Française) C1, *CELI B 2* (Certificati di lingua italiana) Universita per Stranieri di Perugia.

Ana Maria a jucat un rol activ în perioada copilăriei și a adolescenței timpurii în dezvoltarea comunității în care a crescut și în implicarea oamenilor pentru a extinde activitățile sociale și culturale atât ale adulților, cât și ale copiilor. Din 2007 până în 2009 a fost gazda unei emisiuni la radio numită „Fresh Weekend". Emisiunea a fost concepută în mod special pentru tinerii elevi sau studenți care erau în căutarea unor oportunități suplimentare în comunitatea în care activau, precum și în străinătate. Începând cu clasa a XI-a, Ana Maria a fost vicepreședinte în *Consiliul Național al Elevilor din România,* desfășurând activități culturale și sociale.

În timpul studiilor liceale, Ana a obținut numeroase premii la concursurile naționale de proză, precum și de versuri. De asemenea, a participat alături de trupa de teatru la festivaluri de teatru în țări precum Spania, Ungaria, Franța sau Cehia. Începând cu 2009, și-a început studiile la *Universitatea din București,* urmând "Facultatea de Științe Politice" în limba engleză(Bachelor of Arts in Political

Science). În timpul studiilor sale, a fost un membru activ al comunității academice, participând la numeroase proiecte de sensibilizare cu privire la necesitatea studenților de a fi integrați pe piața muncii în timp ce își continuă studiile, precum și la numeroase cursuri și conferințe pentru dezvoltarea comunității. Teza de licență a fost o dezbatere istorică asupra legitimității intervenției umanitare în lumea modernă.

După ce a terminat licența, Ana a fost interesată de o mai bună înțelegere a modurilor în care lumea se schimbă, și a început un *Master în Politică Comparată* în limba engleză. (*Master of Arts in Political Science*). Teza sa de masterat a avut un subiect relevant pentru societatea românească: Ana a efectuat numeroase interviuri aprofundate și cercetări de teren pentru această teză. Titlul tezei a fost: „Rolul social și politic al femeilor: o perspectivă comparativă între perioada comunistă și România contemporană".

Ana a terminat și un masterat în *Relații Internaționale*. Acesta s-a bazat pe tema războiului internațional împotriva terorismului: implicațiile asupra schimbării politicii externe ale SUA. În timpul studiilor de masterat, Ana a scris o serie de articole în limba engleză pentru publicații europene, precum *One Europe*(Bruxelles) și *Europe and Me*(Berlin) despre discriminarea față de est-europeni, șomajul în rândul tinerilor, politicile culturale, tratamentul comunist al femeilor în perioada lui Nicolae Ceaușescu, identitatea personală într-o lume globalizată dar și incluziunea minorităților sau participarea la viața politică.

După ce și-a încheiat cu succes studiile de master, s-a înscris de această dată la un program de doctorat în domeniul istoriei, la Universitatea „1 Decembrie 1918" din Alba Iulia. Ana a abordat un subiect foarte dezbătut și, în același timp, necercetat: rolul fenomenului spiritist în fundamentarea psihologiei ca știință independentă în secolul al XIX-lea.

Ana Maria a studiat arhivele secolelor XIX și XX din Paris, București, Mainz, Frankfurt, Barcelona și Londra și a reunit toate aceste documente rare într-un studiu, care este primul de acest fel în lumea academică internațională. Teza de doctorat este prima care a dovedit existența fenomenului spiritist ca factor activ în dezvoltarea drepturilor femeilor în Statele Unite, în lansarea și extinderea democrației în Franța și în culturalizarea și deschiderea orizonturilor culturale în societatea și cultura românească. Ana a publicat numeroase articole și studii în timpul studiului de doctorat, precum: „Impactul fenomenului spiritist asupra societății și istoriei secolului al XIX-lea", în Terra Sebvs. Acta Mvsei Sabesiensis, Vol. 7 (2015), „O abordare istorică a fenomenului spiritist din secolul al XIX-lea", în Romanian Review of Young Researchers, Vol.II, Nr.4 (2016).

De asemenea, un studiu foarte important a fost publicat în Revista Română a Tinerilor Cercetători (RRYR), „Rolul fenomenelor spiritiste în dezvoltarea psihologiei experimentale din secolul al XIX-lea".

În februarie 2019, teza a devenit o carte numită „Perspectiva istorică asupra fenomenului spiritist din România" publicată la editura «Pro Universitaria».

Ana este acum un doctor în istorie și un cercetător care a deschis drumul către istoriografia unui fenomen care nici măcar nu a fost considerat suficient de important pentru a fi studiat din punct de vedere istoric până acum. Ea a dovedit că psihologii timpurii au folosit metode spiritiste pentru a descoperi subconștientul și pentru a-l studia, precum și că scriitori, pictori și istorici de seamă au practicat spiritismul și l-au cercetat.

Participarea la conferințe naționale și internaționale arată dorința sa de a schimba perspectiva asupra istoriei. Pe 12 noiembrie 2016, Ana a participat la „Conferința națională a studenților și cercetătorilor de doctorat", cu lucrarea „Perspectiva istorică asupra spiritismului: o analiză comparativă a periodicelor spiritualiste britanice și americane la sfârșitul secolului XIX".

La Conferința Națională a Tinerilor Cercetători (CNTC 2015) organizată de Asociația Română a Tinerilor Savanți și Institutul de Istorie „Nicolae Iorga" Academia Română, 12 decembrie 2015, Ana și-a prezentat lucrarea „Perspectiva istorică și noi direcții de cercetare a fenomenului spiritist".

Aceeași implicare sârguincioasă a demonstrat-o și la Conferința Interdisciplinară de Doctorat, Panoul de Studii Istorice, Asociația Română a Tinerilor Savanți (IIDC 2016) cu lucrarea „Rolul fenomenelor spiritiste în dezvoltarea psihologiei experimentale din secolul al XIX-lea".

Cercetările ei au fost întâmpinate cu multă încurajare la Conferința internațională pentru disciplinele academice, la Universitatea Americană din Roma, 19-22 octombrie 2015, unde Ana și-a prezentat ipotezele istorice despre „Istoriografia fenomenului spiritist".

Mai aproape de subiectul de bază, în 2017, Ana a participat la Conferința Națională a Tinerilor Cercetători (CNTC 2017) organizată de Asociația Română a Tinerilor

Savanți, cu lucrarea „Spiritualism și psihologie experimentală în secolul al XIX-lea".

O parte foarte importantă a activității sale se desfășoară pe canalul său de Youtube, unde este gazda unei emisiuni despre dezvoltare personală, spiritualitate și psihologie. Fiecare emisiune are o temă diferită, de la istoria religiei, spiritualității sau psihologiei, la modul în care concurența și sentimentele negative ne afectează viața de zi cu zi. În fiecare vineri de la 20:00, Ana împărtășește sfaturi valoroase și cunoștințe despre cum să trăiești o viață mai bună, cum să crești și să te dezvolți personal, dar și cum să ne identificăm drept indivizi liberi, a căror influență asupra vieții altora este una pozitivă.

O altă parte a efortului său de a face lumea un loc mai primitor este lansarea unui curs online internațional gratuit de dezvoltare personală și spiritualitate pe platforma Udemy („Double spirituality: how to connect with your spirit"), care are acum peste 4500 de studenți înscriși din 101 țări. Cursul online dispune de o conferință video, note scrise, precum și sarcini pentru a fi pe deplin înțelese și integrate în practica zilnică a studenților.

În aprilie 2019, Ana Maria a primit titlul de „Femeia anului din România"(Woman of the year) la Belgrad, Serbia, pentru munca sa de cercetare în domeniul academic, precum și pentru lucrările publicate. Premiul i-a fost decernat în cadrul unei ceremonii internaționale, la care au participat personalități din Europa, Statele Unite și Africa.

Anul 2019 a însemnat și susținerea prelegerii „Ne putem schimba destinul?" precum și conferința „Activează-ți puterea interioară" dar și lansarea unor cursuri online.

În februarie 2020, Ana a publicat cartea „Drumul către noi" care reunește o serie de eseuri, cugetări și analize despre cum să gestionăm ceea ce simțim și gândim astfel încât să ne bucurăm de tot ceea ce devenim.

În luna iulie 2020, Ana a apărut pe coperta revistei «Tango, Marea Dragoste» alături de scriitorul Mircea Cărtărescu, unde a fost publicat un amplu interviu (realizat de Alice Năstase Buciută) despre pasiunile și activitățile ei.

În anul 2021 Ana a susținut conferința „Activarea conștiinței creatoare" la Casino Sinaia, in Sinaia, precum și lansările de carte ale celor mai recente volume publicate, în București.

În prezent, Ana realizează două emisiuni pe canalul său de youtube și pagina de Facebook: *Drumul către noi* și *De vorbă cu mama*. Un alt proiect foarte interesant este Podcastul „Editura Neverland", unde invită personalități din spațiul cultural, medical sau media pentru a dezbate probleme care țin de buna funcționare a sufletului și minții noastre.

În martie 2021 Ana a publicat cea de-a patra carte, la editura Pro Universitaria: *Calea Sufletului,* o culegere de gânduri, emoții și îndrumări pentru cei care au pornit în căutarea identității lor emoționale. În septembrie 2021 au apărut cărțile *Iubire versus Neiubire* și *Ego-ul, Otrava Iubirii,* care deschid o direcție urmată și în prezentul volum, legată de studiul interdisciplinar al minții și sufletului uman, la intersecția dintre spiritualitate, religie și psihologie.

Luna martie 2022 este cea în care apare primul volum scris alături de mama sa, Muntean Profira Nicoleta, *De vorbă cu mama.* Lansarea volumului a avut loc la Madrid, în cadrul unei conferințe internaționale, susținute de Ana și mama ei.

La doar câteva luni după publicarea volumului *De vorbă cu mama,* în iulie 2022 apare cartea *De la durere la vindecare,* apărută la editura Evrika Publishing.

Prezentul volum este prima colaborare între Ana și sora ei, Raluca și este o discuție despre cele mai sensibile, dar relevante subiecte care ne afectează și schimbă viața, în fiecare moment.

Cuprins

Ce faci dacă tu ai prea multă iubire de dăruit unei persoane care nu știe să iubească?

Raluca: Atunci când vorbim despre iubire, imediat ne gândim la ceva frumos, romantic, poetic. Dar când această iubire nu este împărtășită, poezia se transformă în tragedie. Am observat de multe ori, cum puterea unui om de a iubi pe cineva este direct proporțională cu incapacitatea celuilalt de a oferi afecțiune, de a fi prezent în relație. Aș vrea să te întreb, dacă există un motiv pentru care, parcă e un făcut, cu cât ești mai disponibil emoțional, cu atât ești mai atras, sau atragi persoane indisponibile emoțional.

Ana: Aici sunt niște nuanțe foarte important de înțeles pentru că lucrurile nu merg într-un singur sens, relațiile pe care le avem nu sunt doar bune sau rele, nu sunt doar conflictuale sau funcționale. De foarte multe ori, avem iubire în viața noastră, dar ea vine la pachet cu o serie de probleme, care ne fac să ne întrebăm *Este iubire sau dependență emoțională? OK, este dependență emoțională*, să zicem, atunci știu ce am de făcut- o formă de terapie, vindecarea rănilor emoționale, reconstruirea relației cu partenerul. Dar dacă e vorba de o relație complet distrusă, unde eu sper că mai este încă iubire, atunci voi ajunge la abandonul relației în întregime.

Atunci când tu știi, simți înțelegi că e iubire, pe lângă această iubire pot apărea lucruri care o împiedică să se manifeste. Trebuie să vezi ce faci cu tine, pentru că este o luptă contracronometru, din momentul în care iubești prea mult.

Raluca: Cum ai defini pe scurt acest *Iubești prea mult*?

Ana: Să iubești prea mult înseamnă că ceea ce tu trimiți către ceilalți, nu se întoarce niciodată la tine, iar tu persiști în acest comportament emoțional, cu riscul de a te pierde pe tine însuți/ însăți.

Raluca: Deci nu e vorba de iubire în sine, că este ceva negativ, ci e vorba de ceea ce aștepți tu în schimbul iubirii pe care o oferi și nu ajungi să primești niciodată?

Ana: Să ne lămurim acum puțin cu definirea acestor termeni: să iubești nu este un lucru rău, din contră, este cel mai bun lucru care ți se poate întâmpla, este dovada faptului că tu înțelegi de ce ești prezent aici în această viață. Este dovada faptului că tu emoțional și mental ești un adult funcțional.

Însă, să iubești prea mult înseamnă că îl iubești prea mult pe cel de lângă tine și prea puțin pe cel care se află în interiorul tău, adică propria persoană. În numele acestei iubiri, ești dispus

să accepţi orice tip de comportament, să suporţi lipsa de iubire sau respect a celuilalt, şi să nu te afecteze în vreun fel. În numele iubirii acesteia prea mari ajungi să sacrifici starea ta de sănătate, încrederea în tine şi uneori chiar şi pe oamenii dragi. Atunci când vorbim despre prea multă iubire, ne referim la starea în care direcţia mea în viaţă este doar să găsesc o persoană asupra căreia să pot să-mi revărs sentimentele, cu orice preţ.

Raluca: Deci să oferi prea multă iubire înseamnă să îndrepţi această cantitate de energie benefică pozitivă, vindecătoare, către situaţii şi oameni de unde nu poate să fie niciodată reciprocitate?

Ana: Da, exact.

Raluca: Este ceva ce tu cauţi intenţionat?

Ana: Nu cauţi intenţionat, ci asta rezultă din propria ta incapacitate de a te iubi. Nu poţi trimite iubirea în interior, o reverşi către exterior. Dacă e şi iubire către tine, şi către ceilalţi, atunci mereu va fi un echilibru, nu vei ajunge să iubeşti prea mult.

Raluca: De ce?

Ana: Pentru că, având iubire manifestată în mod activ prin faptele tale faţă de propria persoană, vei şti să evaluezi corect atunci când ceea ce primeşti de la altcineva este mai puţin decât simţi tu că ai nevoie. Dacă în schimb, pe dinăuntru, tu te simţi secătuit şi mai ales neiubit, vei încerca să umpli acest gol cu o cantitate de iubire trimisă către ceilalţi, care nu ajunge niciodată retrimisă înapoi către tine.

Paradoxul este că vei trimite cu atât mai multă iubire, cu cât mai neiubit te vei simți. Dar vei alege mereu, din pricina propriei lipse de iubire, oameni care nu pot să trimită către tine ceea ce tu oferi.

Raluca: Putem să iubim foarte mult un om care este toxic pentru noi, sau iubim de fapt propria noastră capacitate de a oferi fără măsură, tocmai ca să compensăm lipsa de iubire din interior?

Ana: Iubirea ca principiu general este necondiționată și nu are nevoie de reciprocitate ca să fie. Însă, atunci când iei iubirea și o pui în relație, este nevoie de reciprocitate pentru că relaționarea implică două părți, implică un emițător și un receptor. Practic, iubirea între oameni se întâmplă pentru că cineva trimite, altcineva primește, dă înapoi și tot așa. Dacă doar eu iubesc în relația mea, dar celălalt nu, eu nu am o relație, nu există dialog, ci doar un monolog. Eu sunt într-o relație cu propriile mele așteptări, cu o persoană pe care eu mi-am imaginat că o pot construi în cel care nu mă iubește, dar nu cu persoana în sine. Ca să existe iubire în relația mea am nevoie de îndeplinirea acestor două condiții simultan: celălalt să primească ce trimit către el și să trimită și el înapoi, nu fix ce am trimis eu, să trimită ce simte el, dar trebuie să trimită ceva. Altfel, orice încercare de a spune *Lasă că iubesc eu și în locul tău, lasă că eu așa sunt o persoană care iubește foarte mult,* ajunge să fie sortită eșecului pentru că nu, oricât de multă iubire vine la tine, nu poți simți și în locul celuilalt.

Raluca: De ce facem asta? De ce iubim prea mult într-o relație? Am înțeles, nu poți iubi prea mult viața,

Divinitatea, starea pe care o ai când faci bine. Dar poţi iubi prea mult un om care iubeşte prea puţin sau deloc.

Ana: Această capacitatea de a oferi atât de multă iubire celorlalţi vine de multe ori din nevoia de a suplini lipsa lor de implicare pe de o parte, şi pe de altă parte, are legătură cu abandonul tău faţă de tine, cu rănile emoţionale nevindecate. Vei sfârşi rănit, dezamăgit şi în război cu propria persoană pentru că după ce vei fi dăruit toată iubirea ta unui om care nu e dispus să o primească, vinovatul va fi foarte la îndemână. Acela este propria persoană, eşti tu cel care a iniţiat şi a continuat să îşi epuizeze toate resursele într-o direcţie pe care o ştia greşită.

În momentul în care relaţiile mele sunt fundamentate pe ceea ce eu ofer sunt într-o eroare în care încerc, prin ceea ce ofer, să suplinesc lipsa de disponibilitate emoţională şi de implicarea a celuilalt. De asemenea, vreau să suplinesc şi lipsa mea de iubire faţă de tot ceea ce eu sunt. Există relaţii fără vreun fel de interacţiune emoţională, acestea sunt foarte dureroase şi te omoară în timp.

Raluca: Te omoară pentru că sufletul are nevoie de energie ca să se hrănească?

Ana: În această viaţă avem de trecut nişte situaţii în care facem alegeri şi nu e suficient să iubim noi foarte mult. Nu doar că nu e suficient, dar asta indică de foarte multe ori un abandon faţă de propria persoană, o necunoaştere profundă a propriei fiinţe.

Raluca: De ce?

Ana: Pentru că apare următoarea întrebare *Cu ce mi-am greșit eu mie însumi/însămi atât de mult încât să accept o relație fără iubire? Cât de puțin mă cunosc dacă îmi doresc în viața mea un om care nu mă iubește?* Dacă nu mă interesează că tu nu mă iubești, înseamnă că eu m-am abandonat și mai este încă ceva: *eu te iubesc pe tine și în locul tău* este o formă de egoism. Eu nu pot să iau un om și să-l forțez să stea lângă mine: un om nu este responsabil pentru iubirea mea, dacă el nu alege să stea lângă mine. Este o formă de abuz pe care eu o practic cu bună știință, în numele iubirii. Iubirea nu arată așa.

Raluca: Deci oamenii care iubesc prea mult sunt niște oameni care au foarte multă iubire de oferit dar nu o trimit în direcția potrivită, adică o dată către propria persoană și în al doilea rând către un potențial receptor al acestei iubiri, disponibil să o primească și să o dea mai departe.

Ana: Se spune că nu alegi pe cine iubești, dar eu cred că poți alege CUM IUBEȘTI.

Raluca: Cum adică poți alege cum iubești?

Ana: Dacă eu am o relație autentică cu mine, dacă am căutat să văd cine sunt, ce îmi doresc în viața mea, dacă am avut această preocupare față de emoția și starea mea, comportamentul meu relațional se va reflecta în alegerile pe care eu le fac, în iubire și în conexiunile mele.

Raluca: La ce se referă comportamentul relațional? Este el diferit de comportamentul în sine?

Ana: Da, comportamentul relațional se referă la modalitatea în care reacționezi exclusiv în relația cu ceilalți. Este ansamblul reacțiilor tale în cadrul relației cu una sau mai multe persoane. Comportamentele relaționale pe care le avem pe parcursul vieţii noastre se schimbă constant şi sunt diferite, în funcţie de ceea ce simţim faţă de un om, de gradul de rudenie, de traumele suferite. Poţi avea un anumit comportament relaţional toxic faţă de un părinte abuziv, dar un comportament relaţional benefic faţă de un partener cu care ai o relaţie armonioasă. Mai este o situaţie, în care, din pricina anumitor răni emoţionale, comportamentul tău relaţional este complet diferit de ceea ce tu simţi. Adică, tu vrei să ai o relaţie armonioasă, dar te porţi urât cu persoana de care îţi place. Tu admiri un om, dar ai un comportament arogant, de teamă să nu te creadă vulnerabil şi prin urmare nedemn de compania lui.

Toate acestea sunt mecanisme de cooperare cu trauma, care s-au înrădăcinat în comportamentul relaţional şi ajung să fie nişte automatisme de care scap cu greu, asta dacă le conştientizez, sau deloc, dacă nu realizez ce mi se întâmplă.

Raluca: Deci faptul că noi acceptăm sau chiar căutăm relaţii lipsite de iubire este o consecinţă a acestui comportament relaţional toxic? Adică, dacă eu sunt echilibrat şi vindecat, în primul moment când sesizez că nu primesc iubire, deja nu mai simt nevoia să fiu agăţat de ceva ce nu corespunde nevoilor mele emoţionale?

Ana: Exact. Dacă eşti un om vindecat şi în echilibru cu tine, nu te vei mai îndrepta către persoane care nu au capacitatea de a te iubi sau care pur şi simplu sunt incapabile de iubire.

Raluca: De ce este un om incapabil să iubească? E vina lui?

Ana: Nu e vorba de vină, e vorba de un fapt. Așa cum unii oameni se nasc blonzi, bruneți, pistruiați, așa fiecare suflet vine în această viață cu o moștenire spirituală, care, la maturitate, se dezvoltă și crește. Poți să antrenezi capacitatea ta de a iubi dacă în sufletul tău, în profunzimea trăirii tale, există această iubire. Dacă ea nu există în schimb, nu vei putea să o simulezi în vreun fel.

Raluca: Adică eu nu pot să iubesc pentru că nu pot? Sau cum?

Ana: Nu poți să iubești sau nu poți să mai iubești. E o diferență. Atunci când vorbești de tulburări precum sociopatia, psihopatia sau narcisismul, vorbești despre incapacitatea de a iubi. De ce? Pentru că acolo sunt prea multe disfuncționalități mentale și emoționale ca tu să poți ajunge la această frecvență extrem de înaltă și pură, pe care iubirea în sine o reprezintă.

Nu poți iubi atunci când ești tulburat, tu cu tine, atunci când ești confuz, plin de ură sau de remușcare. La fel, nu poți iubi dacă orgoliul intervine mereu între tine și ceilalți. În schimb, nu poți să mai iubești se poate referi la o perioadă de timp, mai lungă sau mai scurtă, la sfârșitul căreia, după vindecare, poți din nou să iubești. Perioada aceasta în care simți că nu vei mai iubi vreodată sau că nu vrei să mai iubești din pricina suferinței pe care ai îndurat-o, este una de convalescență emoțională și, odată cu tratamentul adecvat al

sufletului și minții tale, vei putea din nou să fii întreg în simțire și gândire, ceea ce va duce automat la iubire.

Raluca: Deci unii oameni se nasc cu această putere nativă de a iubi? Sau e ceva ce se dezvoltă permanent?

Ana: Ambele variante. E clar și ceva ce se dezvoltă, dar ca să dezvolți orice, ai nevoie de o bază, în primă instanță. E nevoie de un punct de plecare, și e nevoie să cauți direcțiile tale de creștere în această viață. Oamenii care iubesc, iubesc diferit. Dar oamenii care nu iubesc, nu iubesc deloc.

Raluca: Aș vrea să fii mai clară atunci când vorbești despre oamenii care nu iubesc. La ce se referă asta mai exact?

Ana: Se referă la orice formă de manipulare constantă, umilire, abandon, trădare deliberată pe care cineva o folosește drept metodă de interacțiune cu oamenii dragi din viața lui, ascunsă sub umbrela iubirii. De multe ori aceste persoane pot susține că iubesc, dar asta este doar o declarație verbală, pentru că propriile lor fapte, îi contrazic.

Să nu poți să iubești înseamnă să te pui pe tine mai presus de oricine altcineva indiferent cât de multă suferință ai provoca. De asemenea, să nu poți iubi se referă și la incapacitatea ta de a te conecta cu sufletul unui om, cu ființa lui emoțională. Să nu poți să iubești înseamnă să nu fii dispus să te sacrifici vreodată, să fie mereu vorba despre interesele tale egoiste, și atunci când omul iubit are o problemă sau durere, tu să te simți deranjat,

nu mişcat, de suferința lui. Practic, să nu poți iubi este lipsă de implicare emoțională totală în relația respectivă.

Poate eşti acolo cu trupul, cu casa, cu serviciul, dar nu cu sufletul. Iubirea este un dialog de energie şi emoție care se întâmplă permanent între două persoane. Când nu e dialog, cel care nu iubeşte, aşteaptă ca în relația respectivă să îi fie satisfăcute toate dorințele şi nevoile, nefiind vina lui pentru nimic.

Raluca: Deci interacțiunea cu un om pe care nu-l iubesc se schimbă în momentul în care mă iubesc pe mine, pentru că ceva în interiorul meu se transformă. În momentul în care ai foarte multă iubire de oferit față de cineva eşti complet orb la orice argument de tip rațional. Orice informație nu este în acord cu ceea ce tu simți, o dai la o parte. Putem spune că nu poți iubi rațional?

Ana: Nu există o abordare rațională a iubirii, dar există o abordare responsabilă a iubirii. Nu pot opri cu mintea iubirea în exces față de alt om, dar ce pot face este să cultiv iubirea față de mine, să vindec rana care cauzează iubirea în exces față de ceea ce îmi produce durere constantă. Cu o nouă abordare a întregului tablou relațional, ajung să nu mai fiu implicat în relații unde nu primesc iubire.

Raluca: În concluzie, această idee, că atragi ceea ce eşti, că atragi parteneri care sunt pe măsura ta, este adevărată.

Ana: Da, este adevărată pentru că dacă eu am o părere foarte proastă despre mine sunt mult mai dispus să accept orice fel de companie, orice fel de persoană lângă mine, care pare că ar putea să mă facă să mă simt mai puțin prost în legătură cu mine. Voi face orice compromis doar pentru ceea ce mi se pare mie că reprezintă o dovadă de afecțiune din partea celuilalt. Oamenii care nu se iubesc sunt bucuroși să facă compromisuri pentru că primesc ceva. Nu le pasă de ceea ce primesc pentru că nu există standarde, respect sau compasiune față de sine.

Un om crescut fără iubire va accepta orice în schimbul alinării stării de singurătate. Un om crescut în iubire va da la o parte orice este un înlocuitor al stării autentice de iubire.
Mediul lipsit de iubire în care a crescut este un handicap cu care un om pleacă în viață și este o rană foarte adâncă, o prăpastie pe care va încerca să o umple toată viața. De foarte multe ori încercăm să facem asta, în special în relațiile romantice.

Raluca: De ce în special în relațiile romantice?

Ana: Pentru că tu, adultul de astăzi, vrei să te întorci în timp la copilul care nu a primit iubirea atunci și vrei să o primești acum. Faci orice ca să suprapui peste momentul acela când nu ai primit iubire, momentul prezent. Doar că acum, în momentul prezent, te porți ca atunci, în momentul trecut, și acționezi din rana ta. Dacă acum, în prezent, se arată ceva care contrazice complet această schemă mentală, nu ești dispus să accepți niciun argument pentru că pe tine te doare prea mult ce s-a întâmplat atunci, rana ta e prea adâncă ca un argument rațional să poată pătrunde acolo. Tu vrei doar să nu te mai doară, punct.

Raluca: Fiecare om își gestionează durerea diferit și este o cruzime dacă vreodată cineva vine și spune *Dar nu te mai plânge atât, că nu cred că s-a întâmplat așa ceva de care să te plângi, mie mi s-au întâmplat lucruri mai rele.* La fel de crud este să-i spui unui om *dacă nu ai nici un handicap fizic, de ce suferi?*

Eu cred că durerea fiecărui om e cea mai importantă pentru el pentru că e durerea lui și fiecare om în parte resimte această durere diferit. Noi nu putem decât să ne respectăm și să ne ajutăm reciproc în recuperarea din durerile pe care le suferim fiecare, și evident cea mai bună recuperare pentru durere este recunoașterea ei.

Ana: Așa este. Nu putem să trăim niște vieți aparent fericite dar pline de răni în esență, pentru că scopul vieții nu este fericirea eternă, permanentă, scopul vieții este să aibă sens tot ceea ce se întâmplă, astfel încât eu să mă pot bucura și atunci când nu sunt fericit.

Raluca: Cum adică să te bucuri și când nu ești fericit? Păi de ce te mai bucuri dacă plângi?

Ana: Conștientizarea înseamnă să te poți bucura și de momentele care nu sunt pline de fericire. Orice lucru pe care îl înțelegi și accepți exact așa cum este, se oprește să îți provoace suferință. Dacă o experiență negativă ți-a oferit o mai bună înțelegere a propriilor tale limite emoționale, spre exemplu, atunci este un motiv de bucurie pentru că acea înțelegere în timp te va feri de alte suferințe și te va elibera de povara vinovăției pentru că cineva te-a rănit. Uneori ne simţim vinovaţi pentru rănile pe care alţi oameni ni le provoacă şi suferim pentru durerea lor, nu a noastră.

Raluca: Este această vinovăţie motivul pentru care unele persoane iubesc prea mult oameni care le fac rău constant şi conştient? De ce se întâlnesc în această viaţă oamenii care iubesc prea mult cu oamenii care nu pot iubi deloc?

Ana: Răspunsul ar fi că această viaţă este o armonizare perpetuă şi permanentă a extremelor, într-o formă de echilibru astfel încât acest plus extrem cu minus extrem să se armonizeze într-o formă de energie care pe de o parte, pe cei care nu pot iubi deloc îi învaţă ce este iubirea şi pe de altă parte, pe cei care oferă prea multă iubire îi învaţă ce este iubirea faţă de propria persoană. Toată lumea, fără excepţie, vine în această viaţă să cunoască iubirea. Iubirea se confundă de foarte multe ori cu dependenţa emoţională, cu nevoia de a fi văzut. De foarte multe ori ai nevoie să primeşti o cantitate de afecţiune care ţi-a fost respinsă la un moment dat în viaţa ta şi pentru asta cauţi să reverşi asupra cuiva această iubire de care tu n-ai avut parte, în speranța că vei reuși să îndrepți acel moment când te-a durut lipsa iubirii. Doar că lucrurile nu funcţionează aşa: în momentul în care mă angajez în această încercare de a face pe cineva să mă iubească, de a trece peste lipsa de iubire a cuiva, mă angajez într-o luptă faţă de propria persoană şi la un moment dat cedez, lupta mă epuizează pe toate fronturile: mental, emoţional, fizic.

Raluca: Deci răspunsul la întrebarea *De ce un om care iubeşte prea mult întâlneşte un om care nu poate iubi deloc?*

ar fi pentru că, acel om care primește această cantitate de iubire uriașă, învață să iubească? Sau el nu învață să iubească, ci doar te ajută pe tine să te iubești?

Ana: Pe tine, omul care oferă iubirea în cantitate uriașă dar nu primește nimic înapoi, te formează și te crește, te forțează să-ți depășești toate fricile și programele mentale negative, ca să treci peste durerea cauzată de lipsa iubirii și să îți recuperezi bucățile de suflet pierdute. Pentru celălalt, chiar dacă el nu va putea niciodată să-ți înțeleagă iubirea, simplul fapt că a interacționat cu această formă de energie atât de pură îl va ajuta și de foarte multe ori îl va salva într-un mod în care el nu o să știe niciodată.

De foarte multe ori ajungem în viețile unor oameni care nu pot să ne iubească: simplul fapt că cineva emite către ei această formă de energie de înaltă frecvență îi ajută și îi crește spiritual. Este o formă de salvare de la distanță, pentru că în momentul în care tu trimiți această energie vindecătoare, putem să vorbim de deblocarea celuilalt din paradigma lui de neiubire, de îngheț emoțional. Acea cantitate de energie pe care noi am trimis-o este valabilă, există și este o formă de salvare pentru sufletul acelui om. Este o energie pe care o poate accesa oricând, și pe care chiar dacă nu o accesează, ea ne aparține nouă, celor ce avem această capacitate de a iubi.

Raluca: Operațiunea de salvare este minunată, ai salvat un suflet dar acum ce faci? Te oprești asupra sufletului tău şi vezi cât de mult rezişti într-o relaţie în care nu primeşti iubire? Aici nu e bine să-ţi testezi limitele, cred eu, pentru că în momentul în care avem o stare de neglijenţă emoţională, limitele sunt foarte importante.

Ana: Dacă iubeşti pe cineva foarte mult, ultimul lucru la care te gândeşti este să nu-l mai iubeşti; dar asta este singura acţiune pe care trebuie să o pui în practică. Este minunat să îi salvăm pe ceilalţi, să trimitem această iubire, să schimbăm vieţile oamenilor din jur dar atunci când schimbarea aceasta pe care o generăm ne pune în pericol viaţa şi echilibrul, trebuie să ştim că exact acea cantitate de iubire uriaşă pe care o avem pentru o persoană, este ceea ce trebuie să revărsăm asupra noastră.

Raluca: Acest proces se numeşte vindecare emoţională?

Ana: Poate ne gândim *este îngrozitor acum să-mi iau toată această iubire înapoi, eu nu pot să trăiesc fără omul ăsta*. Adevărul este că satisfacţia pe care o ai după ce reuşeşti să te echilibrezi, după ce reuşeşti să redirecţionezi toată acea cantitate de iubire extremă trimisă către cineva care nu poate să îţi ofere ceea ce tu ai nevoie emoţional, relaţia pe care o ai cu tine este una incredibilă. Este o stare de sărbătoare permanentă, satisfacţia ta este uriaşă pentru că tu tocmai ai reuşit imposibilul.

Nu decidem noi de ce anume are nevoie o persoană pentru creşterea ei spirituală în această viaţă, pentru că s-ar putea ca iubirea ta, oferită cu entuziasm şi bucurie, să fie o pedeapsă pentru cel care are de trecut o suferinţă importantă din viaţa lui.

Raluca: Dacă tu ai putut să-i oferi iubire acelui om care nu avea nimic de dăruit pentru tine, înseamnă că această energie există, ea este undeva în interiorul tău. Momentul în care începi să înţelegi că tu ai controlul tot timpul pentru că iubirea e la tine şi în tine, este momentul când înveţi cu adevărat să iubeşti.

Ana: Atât timp cât suntem furioşi că cineva nu ne iubeşte, e limpede că nu ne respectăm şi nu ne iubim pe noi înşine deloc. Cum să fii supărat pe un om că el, în etapa lui de creştere şi evoluţie spirituală, nu are loc şi pentru tine? Pentru că ăsta e adevărul, oricare ar fi motivul lui, acel om are dreptul să nu te iubească: înainte să mă plâng că cineva nu face ce mi-aş dori eu cu iubirea mea, trebuie să văd unde o trimit, în ce direcţie? Ar trebui să văd şi ce fac eu cu mine în acest timp.

O relație funcțională este una în care nu aștept exclusiv să primesc iubire, ci am deja o relație cu propria persoană, la care se adaugă și iubirea celuilalt. Dar, relația cu celălalt, nu suplinește niciodată relația cu mine. Ideea de relație e văzută ca o pasare completă și totală a responsabilității asupra propriei persoane în mâinile altcuiva și dacă celălalt face un pas mai la stânga sau mai la dreapta, eu sunt complet descentrat și ajung dezechilibrat, nu mai știu unde mă aflu pentru că nu este el să-mi spună ce să fac și cine sunt.

Raluca: Se întâmplă ca un om pe care îl iubeşti foarte mult să nu te iubească, se întâmplă chiar tu să fii un om foarte iubit de cineva pe care nu-l iubești, sau tot ceea ce ți-ai imaginat să nu mai fie așa cum credeai. Cu cine rămâi atunci?

Ana: Cu tine. Tocmai de aceea trebuie să ai unde să te întorci și pentru asta să fie cultivată această iubire ca principiu activ al vieţii tale, iubire care să nu fie dependentă de faptul că cineva primeşte sau nu ceea ce tu trimiţi către el.

Nu se poate spune că ai iubit cu adevărat dacă îţi pare rău de iubirea pe care ai oferit-o, pentru că iubirea aceea a reprezentat fix cine erai tu atunci și era o trăire pe care o aveai de dăruit unei anumite persoane. Iubirea este atât de puternică încât ea transformă, vindecă și eliberează tot- doar atunci este iubire.

Raluca: Aş mai vrea să adaug că dacă este iubire, celălalt îşi va asuma responsabilitatea a ceea ce simte faţă de tine şi va manifesta constant un comportament protector și autentic.

Nu există iubire fără responsabilitate și fără angajament. Iubirea fără responsabilitate și fără angajament înseamnă că depinde de ceva, deci este condiționată, ori iubirea ca principiu în sine este necondiționată.

Intrăm în viețile unor oameni care nu ne pot iubi ca să le deschidem perspectiva, nu neapărat să-i facem să ne iubească pe noi, dar o emoție este trezită în subconștientul lor şi acea emoţie mai târziu va genera şi altceva. Poate în ciclul de evoluţie al unui suflet întâlnirea cu iubirea este până la urmă motivul pentru care se produce această întrupare. Noi venim pe pământ şi ne naştem ca să învăţăm această iubire, pentru că iubirea nu e doar ceva drăguţ, frumos şi romantic, ci ea înseamnă dizolvarea ego-ului, dizolvarea fricii, dispariţia cruzimii. Se referă la o compasiune profundă şi dacă eu pot să trăiesc asta faţă de oricine, sunt salvat. Că tu nu primeşti iubirea mea asta e altceva, iar dacă eu am trimis iubire către tine şi tu nu ai primit-o, am învăţat şi în ce direcţie trebuie să-mi duc iubirea.

Ana: Nu înveţi niciodată ce este o relaţie cu adevărat sănătoasă, ce înseamnă o relaţie funcţională, care e direcţia în care trebuie trimisă iubirea ta, până nu o trimiţi în mai multe direcţii greşite. Cine are impresia că poţi să înveţi sau să ştii lucruri fără să le trăieşti este în eroare. Poţi încerca să te fereşti de suferinţă, de multe ori spui *Nu mai vreau să sufăr* dar suferinţa aia este fix cheia către bucuria de mai târziu, pentru că vei înţelege exact ce anume ai nevoie, dar şi cât de puternic eşti. Iubirea pe care eu o am de dăruit şi altcineva nu o poate primi, rămâne cu mine, eu pot să fac lucruri incredibile cu ea, în afară de faptul că pot să o dăruiesc altui om sau altor oameni. O să o primesc şi eu, o să mă bucur de ea într-un fel în care celălalt, cel care nu voia să o primească, nu se putea bucura. În momentul în care ai disponibilitatea asta faţă de propria persoană, vin în viaţa ta oameni care vor să primească iubirea ta şi care te iubesc cu adevărat, pentru că tu eşti acolo pe frecvenţa iubirii, care nu poate fi confundată cu altceva.

Raluca: Deci iubirea este o stare care se vede şi se simte în tot ceea ce face un om, în tot ceea ce spune el. Îţi dai seama de un om, dacă a iubit vreodată din felul în care se poartă cu ceilalţi oameni, din felul în care îi priveşte. Odată ce ai fost atins de acest principiu al iubirii nu ai cum să trăieşti în afara lui? Sau poţi alege să trăieşti în afara principiului iubirii pentru că vrei să-ţi faci rău, pentru că te autosabotezi?

Ana: Manifestarea principiului iubirii în viaţa ta este o alegere conştientă. La nivel subconştient, sufletul nostru totdeauna alege iubirea, dar la nivel conştient mintea noastră, conform programelor mentale înregistrate, poate să nu aleagă iubirea şi sunt acele situaţii în care multe persoane spun *Eu ştiam că omul ăsta mă iubeşte şi aveam foarte multă iubire de oferit, dar el a ales să nu lase această iubire să se manifeste şi să se întâmple.* OK, el a ales să nu manifeste această iubire, dar ce faci tu cu alegerea asta? Îţi plângi de milă, îl învinovăţeşti pe celălalt sau spui stai puţin, omul ăsta nu ştie, nu poate să mă iubească, hai să mut atenţia de la incapacitatea lui de a iubi, către ce fac eu din momentul în care am înţeles că nu o să primesc ceea ce ofer. Şi de acolo totul se schimbă. Avem nevoie în această viaţă să îi învăţăm şi pe oamenii care nu pot iubi, dacă nu cum să ne iubească pe noi, măcar cât de puternică este această stare, cât de mult înseamnă să iubeşti. Dar, în acelaşi timp după ce facem asta şi după ce manifestăm această încercare, este important şi să ne reorientăm, să pornim în această călătorie de vindecare, din momentul în care am înţeles că cineva nu are loc pentru noi în viaţa lui.

Raluca: Este atât de sănătos și eliberator să accepți că un om nu te vrea, că nu te pricepe și că omul ăsta poate să fie mama, tatăl sau fratele tău. Oamenii evoluează diferit și cresc în direcții diferite, noi nu putem controla asta, din momentul în care încerc să controlez viața, mă înscriu la nefericire. Tot ce fac, tot ce simt, depinde de celălalt, ori iubirea nu este o numărătoare forțată a actelor de sacrificiu pe care le face cineva față de mine, ci în iubire lucrurile se întâmplă spontan.

Ana: Totul este foarte limpede și foarte transparent: dacă există manipulare, dacă apar jocurile minții dacă există *Nu știu dacă o fi iubire* nu pot să vin și să spun *Eu sunt un om care iubește prea mult și celălalt nu poate iubi.* Nu, tu ești un om care alege, din cauză că nu își vindecă propriile dureri și nu își confruntă propriile răni, să stea lângă cineva care nu-l iubește și care îl rănește. Poate un om alege să nu ne iubească, dar ce facem noi cu alegerea lui?

Raluca: Uneori suntem nerecunoscători, pentru că tot ceea ce se întâmplă la nivel emoțional înseamnă experiență și creștere. Doar așa mergem mai departe și căutăm adevăratul motiv pentru care ne-am dus către cineva care nu ne iubește. Astfel, înțelegem cauza pentru care rămânem lângă cineva care nu ne iubește.

Nu stai lângă un om care nu te iubește pentru că îl iubești, ci stai pentru că este dependență emoțională, durere nevindecată, pentru că nu știi cine ești tu și pentru că te-ai învățat să-ți spună celălalt că iubirea și validarea lui te fac și pe tine demn de propria ta iubire.

Ce este un blocaj energetic?

Raluca: Aş vrea să vorbim puţin despre blocajele energetice şi mentale, pentru că, de foarte multe ori când cineva povesteşte despre o problemă de absolut orice natură (emoţională, mentală sau spirituală) mă gândesc că există probabil *un blocaj energetic*. Atunci foarte multe persoane spun *dar ce este un blocaj energetic*? Cumva această terminologie sună puţin a ficţiune, în afara lucrurilor uşor de înţeles. *De unde vine energia asta blocată*?

Ana: Să le luăm pe rând. Un blocaj energetic, aşa cum îi spune şi numele, este o întrerupere care apare în alimentarea corpului meu energetic cu energie, adică cu fluid vital. Exact aşa cum eu sunt o persoană făcută din carne şi oase, care are un anumit număr de kilograme, o anumită identitate, care se prezintă într-un anume fel din punct de vedere fizic, exact aşa se află tot în alcătuirea mea ca fiinţă umană, acest corp energetic. Corpul energetic este prezent în tot ceea ce înseamnă credinţe budiste şi hinduse, dar şi în fizica cuantică: el este alcătuit din mai multe straturi şi reprezintă totalitatea trăirilor, gândurilor şi stărilor mele pe care eu nu le văd, nu pot să le iau şi să spun: „iată aceasta este trăirea mea, aşa arată trăirea uitaţi-vă aceasta este trăirea mea de astăzi”.[1] Eu nu pot să fac asta, dar nu pot nici să neg această trăire: nu pot să spun că nu există doar pentru că eu nu pot să o identific ca pe ceva material.

În viața noastră avem o sumedenie de lucruri pe care nu putem pune degetul din punct de vedere fizic, dar despre care știm că există, pentru că le simțim, le trăim, le experimentăm și ne transformă viața în fiecare moment. Acest corp energetic este sediul tuturor trăirilor mele, tuturor stărilor și gândurilor mele și este un imens calculator care conține toată informația a ceea ce eu simt, gândesc și experimentez de când mă nasc și până mor.

Raluca: Din ce este alcătuit corpul energetic?

Ana: Corpul energetic este alcătuit din mai multe corpuri subtile: fizicienii care studiază corpurile subtile localizează la nivelul corpului energetic, în afara corpului fizic, corpul eteric(locul unde sunt stocate emoțiile mele și unde se înregistrează tot ceea ce simt, de la emoțiile primare la cele mai profunde). După corpul eteric urmează corpul mental (locul unde sunt stocate gândurile mele, atât cele pozitive, cât și cele negative). De asemenea, aceștia localizează și corpul supramental (corpul subtil unde sunt stocate informații care vin din tot ceea ce se întâmplă în universul înconjurător către mine, dar în același timp și locul unde ajunge tot ceea ce eu emit către universul înconjurător). Ideea de bază este că acest corp energetic

[1] Rubik, Beverly (editor),"Biofield Science and Healing: History, Terminology, and Concepts." *Global advances in health and medicine* vol. 4, Suppl (2015): 8-14.

înseamnă practic un ghid pe care eu îl accesez în fiecare moment din viaţa mea legat de tot ceea ce mi se întâmplă mie, dar foarte interesant el este la dispoziţia şi celor care interacţionează cu mine.

Raluca: Mai exact, eu intru într-o cameră în care sunt nişte oameni(să spunem familia mea). Înainte de a deschide gura şi de a spune cum mă simt, ei se uită la mine şi spun *ce s-a întâmplat cu tine de ce eşti trist?* Şi atunci eu încerc să spun *Păi uite, mi s-a întâmplat asta.* Dar acei oameni care m-au văzut şi mi-au spus *nu ştiu ai un aer aşa de tristeţe* au remarcat informaţia de la nivelul corpului meu energetic, nu?

Ana: Da, au citit informaţia din corpul meu energetic şi au tradus-o. În permanenţă, eu ca fiinţă umană, accesez acest corp energetic al fiecărui om din viaţa mea. Sunt oameni cu care ne întâlnim întâmplător şi cu care nu schimbăm mai mult de două cuvinte, nu ne spunem nişte lucruri fundamentale care să ne revoluţioneze universul, ne salutăm: *Ce mai faci?* Iar celălalt ne răspunde. Apoi constatăm că *m-am întâlnit cu X şi am o stare incredibil de bună şi apoi mi s-au întâmplat nişte lucruri foarte bune.* De ce? Pentru că acel om mi-a comunicat doar verbal ceva(poate lipsit de importanţă), dar din punct de vedere energetic mi-a dăruit din informaţia pe care el o are depozitată la nivelul corpurilor subtile. La rândul său, corpul meu energetic a citit această informaţie a decriptat-o şi integrat-o, ceea ce a rezultat într-o stare emoţională. Starea noastră de "bine" sau de "rău" vine din interacţiunea cu un alt corp energetic: sunt oameni pe care doar îi văd şi care îmi dau o stare îngrozitoare, îmi este frică de ei şi poate acel om nu mi-a pricinuit niciun rău. Nu este vorba că am o prejudecată față de el, nu este vorba că sunt furioasă sau temătoare, pur și simplu îl văd și nu mai reușesc să accesez nimic la nivel verbal astfel încât să comunic.

Raluca: Mie mi s-a întâmplat de multe ori să spun: *Nu știu, omul ăsta are ceva care mă blochează. Dar mi-a făcut ceva? Nu mi-a făcut nimic. Atunci de ce simt asta?* Și acum înțeleg: pentru că e ceva ce simt legat de energia acelui om care mi-a povestit despre el, despre viața lui, despre traumele lui, iar corpul meu energetic a asimilat informația.

Ana: Se mai întâmplă un lucru foarte interesant: eu ca mental pot să fiu o persoană pregătită, educată cu un anumit set de convingeri. Spre exemplu, pot proveni dintr-o familie conservatoare și să fiu crescut după niște reguli stricte. Eu ca mental sunt foarte încorsetat de aceste credințe și cumva nu reușesc să văd dincolo de ceea ce mi s-a predat. Viața este pentru mine un set de reguli pe care dacă eșuez să îl urmez mă critic, mă judec, sunt trist sau depresiv. Urmez acele reguli care, chiar dacă nu îmi fac bine, sunt pentru mine etalonul moral și etic. Ce e foarte interesant este că la nivel mental clar îmi pun niște bariere dar la nivel energetic eu continuu să interacționez cu tot ceea ce se întâmplă în jurul meu, continuu să îi simt pe oamenii din jurul meu, să le simt stările. Chiar dacă îmi dau voie să simt doar lucrurile pe care mintea mea le înțelege, eu voi fi invadat de emoțiile reprimate sau neînțelese.

Emoția mea poate nu face parte din preceptele morale și intelectuale pe care eu le-am acumulat, dar asta nu duce la dispariția ei. Mintea spune ceva,

emoția altceva. Eu în interiorul meu ajung martorul unui conflict interior, pentru că acest corp energetic al meu nu poate funcționa pe două frecvențe complet diferite, în același timp. Ca la nivelul corpului energetic lucrurile să funcționeze bine, este nevoie ca mintea și emoția să comunice și să meargă către o direcție comună, spre binele meu.

Raluca: Majoritatea lucrurilor care ne transformă viețile nu sunt vizibile cu ochiul liber, nu sunt palpabile, dar consecințele lor asupra vieților noastre și asupra universului material sunt palpabile.

Ana: Da. Un anumit set de credințe limitative, practicat de-a lungul perioadei adulte poate duce la crearea unor automatisme mentale.

Raluca: Ce este un automatism mental?

Ana: Un automatism mental este o metodă automată de a gândi o reacție, declanșată de un stimul extern, care seamănă cu un alt declanșator emoțional din trecut.

Raluca: Asta sună extrem de complicat. Ca să îți spun ce am înțeles eu: astăzi reacționez aiurea pentru că în trecut am făcut asta într-o situație similară și e ceva ce mintea mea "a învățat pe dinafară"?

Ana: Da. Reacționezi exact din ceea ce ți s-a întâmplat, nu din ceea ce ți se întâmplă acum. Practic, automatismul se referă la ceva ce creierul tău deja știe și îți servește "de-a gata", fără să se confrunte cu realitatea de astăzi, fără să verifice dacă este o reacție conformă cu ce se petrece acum. Dacă ai reacționat în aceeași manieră de un număr de ori, creierul tău va considera că ăsta este un model după care poate funcționa în viitor, și va prelua șablonul reacției tale și îl va suprapune peste tot ceea ce se petrece acum.

Raluca: Deci dacă am fost agresiv verbal cu cineva de câteva ori la rând creierul meu poate transforma asta într-un automatism astfel încât ajung să interacționez doar așa?

Ana: Da, exact. Un automatism mental face să pară mai puțin gravă orice reacție agresivă, pentru simplul fapt că este considerată ceva normal, care s-a mai întâmplat. Obiceiurile noastre, lucrurile care intră în rutina noastră zilnică sunt de multe ori bazate pe automatisme mentale care au fost incluse în raționamentele de bază legate de relaționare, empatie, compasiune sau revoltă.

Raluca: Și automatismul mental este întreținut de energia stocată în corpul meu energetic?

Ana: Da. Automatismul mental de a fi agresiv cu fiecare om care îți iese în cale, spre exemplu, nu poate fi activat dacă nu există energie de ură sau conflict. Automatismul poate exista acolo, poate fi prezent uneori și toată viața, însă el nu este activat decât în momentul în care există combustibil energetic pentru ca el să fie pus în mișcare.

Sunt oameni care acționează doar pe baza unor automatisme preluate de la mediul în care au crescut și deși cred și simt diferit de automatism, reacționează doar conform acestor agregate mentale bine înrădăcinate: simt nevoia de afecțiune, dar o resping prin comportamentul lor ori de câte ori cineva ar vrea să le-o ofere. Nu pentru că nu au nevoie de ea, ci pentru că nu știu cum să reacționeze

altfel, cum să arate că și-ar dori afecțiunea oamenilor dragi.

Raluca: Deci cel mai mare pericol atunci când ne încărcăm în mod constant cu energie negativă este că ajungem să reacționăm doar conform automatismelor mentale negative?

Ana: Da. Partea responsabilă cu emoția pozitivă, gândurile benefice există în fiecare dintre noi, dar ea poate să nu se manifeste niciodată din pricina unor automatisme mentale negative care au reprezentat o metodă de interacțiune cu lumea din jur pentru aproximativ toată viața mea. E foarte greu să te schimbi, să reacționezi diferit, tocmai din pricina acestor automatisme: nu reacționezi cum ar fi benefic pentru tine, ci cum te-ai obișnuit să reacționezi.

Raluca: Atunci apar în viața mea situații de criză-emoțională, financiară, de sănătate?

Ana: Da. Eu am făcut același lucru ca până acum, am aplicat aceeași rețetă, sunt aceeași persoană dar ceea ce se întâmplă e total diferit de tot ceea ce mi-aș fi putut imagina. De ce? Pentru că eu interacționez nu doar mental cu ceea ce se întâmplă, ci și din punct de vedere energetic. Dacă din punct de vedere mental am un set de automatisme - stocate la nivelul subconștientului meu- acestea se declanșează pentru fiecare tip de situație în parte, în funcție de cultura în care am fost crescut, în funcție de societate, în funcție de comportamentul părinților și așa mai departe. Pe de altă parte, atunci când vorbim despre corp energetic, vorbim despre o reacție pe care eu o am și care nu se aseamănă cu nimic din ceea ce eu am mai trăit și cel mai important nu poate să fie în niciun fel tradusă de mintea mea. Asta înseamnă că, de exemplu, mă îndrăgostesc, întâlnesc pe cineva cu care fac un schimb de energie, avem o interacţiune la nivel energetic şi apoi eu mă duc acasă cu această stare şi mintea mea spune *asta nu e ceva potrivit pentru tine acum.* Cu toate acestea, eu continuu să simt lucruri şi se prea poate să neg: *Nu, eu nu simt nimic.*

Raluca: Aşa apare conflictul interior?

Ana: Da. Conflictul interior înseamnă că eu la nivelul corpului energetic primesc o cantitate de informaţie, dar la nivel mental nu sunt pregătit să o procesez, sau refuz să o procesez pentru că, spun eu, emoţiile mele trebuie să fie urmarea gândurilor mele. Deci eu practic încerc să disciplinez ceea ce simt în funcţie de ceea ce gândesc şi bineînţeles, făcând asta voi eşua de fiecare dată. De ce eşuez? Pentru că am stocată o cantitate de informaţie energetică mult peste ceea ce eu am asimilat la nivel mental(din ceea ce se întâmplă şi din ceea ce s-a întâmplat în viaţa mea până în acest punct).

Raluca: Şi asta se întâmplă pentru că în emoţia, trăirea şi starea mea eu ajung în nişte teritorii complet diferite de tot ceea ce mi-aş putea imagina?

Ana: Poate ajungi fix în teritoriile unde nu ţi-ai fi dorit să ajungi vreodată. Că tot vorbeam de automatisme mentale mai devreme, avem stocată o cantitate de informaţie predefinită şi limitată de experienţele noastre de până acum. Eu sunt limitat de mintea mea: foarte multe persoane îşi trăiesc vieţile în nişte închisori mentale şi emoţionale îngrozitoare, în care ei simt ceva dar gândesc cu totul şi cu totul altceva. Nu există niciodată unitate între gândire și simțire, este tot timpul un conflict și uneori intensitatea celor două tabere(mentală și emoțională) este la fel de puternică.

În acest caz, revenim la această idee de corp energetic și de blocaj energetic, care este în strânsă legătură cu blocajul mental. De ce? Pentru că eu dacă mă identific doar cu mintea mea în această viață și las la o parte trăirea, stările și emoțiile mele se prea poate să ajung complet deconectat de ceea ce simt, iar ceea ce gândesc despre ce simt să se întoarcă împotriva mea. Întotdeauna, fără să îmi dau seama, eu trăiesc în primul rând în interiorul corpului meu energetic, asta înseamnă că înainte de a asimila orice stare din afara mea, orice trăire sau orice gând, eu am de deslușit și descâlcit propriile mele stări și în funcție de asta reușesc să interpretez și să interacționez cu stările celorlalți.

Raluca: OK, am înțeles, deci corpul energetic este nu doar locul unde se stochează absolut toată trăirea, experiența mea -tot ceea ce îmi generează interacțiunea cu ceilalți- dar este și mecanismul meu de autodistrugere, respectiv de salvare. Dacă am trecut printr-o durere profundă, sau am suferit o dezamăgire uriașă, la nivelul corpului energetic lucrurile încep să scârțâie, adică eu nu mai primesc energia de iubire, să spunem, a unui om care mă iubește. Sunt înconjurat de un nor de energie negativă care atrage și răspunde doar aceleiași frecvențe vibraționale de ură, supărare, revoltă sau încrâncenare.

Acesta este și motivul pentru care foarte mulți oameni sunt obișnuiți să răspundă doar țipând, de exemplu, sau doar certându-se. Dacă este înregistrată această informație negativă, ea este preluată apoi la nivel mental și este tradusă prin comportament, iar acea persoană va avea acest tipar comportamental. Poate că îl manifestă 24 din 24 de ore, fără ca măcar să sesizeze că ceva este în neregulă. De multe ori când interacționăm cu cineva care este rău cu noi sau care este nedrept suntem bulversați și ne gândim că are ceva cu noi. Adevărul este că înainte ca acel om să fie rău cu tine deja la nivelul corpului energetic s-a produs o ruptură, adică el nu a mai fost alimentat cu un alt tip de vibrație în afară de această stare de ură și încrâncenare.

Ana: De aceea starea de ură sau supărare este extrem de periculoasă, pentru că acest corp energetic este foarte senzitiv și are capacitatea de a înmagazina și de a se hrăni cu tot ceea ce noi oferim.

Raluca: Practic, primim înapoi constant din energia pe care o oferim. Am putea spune că ne hrănim cu energia pe care noi o dăruim?

Ana: Mai exact, zicala *ce dai, aia primești* se referă la faptul că tot ce strângi în aceste straturi energetice din corpurile subtile, te însoțește permanent. În momentul în care eu am la nivel de mental niște programe predefinite, niște prejudecăți ajung să întâlnesc în realitatea imediată exact corespondentul prejudecăților mele.

Unii bărbați declară *Nu-mi vine să cred că nu găsesc o femeie serioasă cu care să-mi fac o familie, unde sunt toate fetele serioase?* Iar femeile se plâng că bărbații cu care s-au întâlnit le văd *doar ca pe niște obiecte sexuale, capabile sau nu să le ofere plăcere.*

Iată un exemplu foarte clar de program mental care îți generează la nivelul corpului energetic starea care corespunde exact acestui program. Cum ajung să fiu convins că *nu mai există femeie care să vrea o familie* la nivel mental mă programez să găsesc doar acele femei care nu vor familie. Mă întâlnesc exclusiv cu ele, evitându-le desigur pe cele care ar vrea o relație serioasă. Acest bărbat își validează convingerea prin alegerile sale, iar la nivelul corpului său energetic declanșează această reacție care îi spune că *Este problema lor, nu a mea* și continuă căutările dar în aceeași direcție greșită. De aceea, programele mentale negative sunt foarte problematice pentru că ajung să fie traduse la nivelul corpului energetic drept stil de viață, drept modalitate de interacțiune permanentă.

Raluca: Cred că același lucru poate fi valabil și în cazul femeilor. Dacă au un program mental limitativ, aleg doar acei bărbați care corespund limitărilor și care bineînțeles, le rănesc de fiecare dată.

Ana: Da. Eu ca femeie pot încerca să am mai multe relații iar partenerii mei să fie nemulțumiți de corpul meu și să îmi spună că sunt grasă. Eu ajung să am un complex pentru că am un exces de kilograme și culmea încep să-mi caut doar parteneri care au o problemă cu greutatea mea. De ce? Pentru că eu singură mă setez pe această direcție. O convingere la nivel mental ajunge să fie un comportament la nivel energetic pe care eu îl manifest față de ceilalți. De foarte multe ori aud și la concursurile de talente *Ai cântat foarte frumos* sau *Ai avut o interpretare extraordinară, dar știi nu ai energia aia, nu știu ceva lipsește* sau i se spune *Nu ai trăit piesa* și omul ăla de pe scenă *zice Cum să nu trăiesc piesa, pe bune, eu am cântat piesa acasă, mi-am dorit să vin aici, vreau să trec în etapa următoare, credeți-mă pe cuvânt că am trăit-o.* Dar de fapt ceea ce vrea să spună acel membru din juriu este că la nivel energetic există o disfuncție, un dezechilibru între ceea ce acest om manifestă ca fiind real și ceea ce se petrece în interiorul lui. La nivel energetic transmit starea mea celuilalt iar el, care este o ființă umană, și care are un corp energetic, decriptează informația pe baza energiei transmise. Eu simpatizez sau antipatizez un om pe măsură ce îl cunosc, dar în primă instanță e vorba despre *prima impresie.* Unele studii spun că în primele 20 de secunde știi dacă îți place un om sau nu.

Raluca: De fapt, în acele secunde corpurile noastre energetice transmit informația și eu primesc exact ca o formulă matematică un rezultat care este "antipatie" sau "simpatie"?

Ana: Exact. Tu la nivel energetic primești o informație pe care mintea ta o deslușește și o decriptează. Acum, interacțiunea dintre corp energetic și minte este foarte interesantă și foarte important de cercetat. La începutul secolului al XX-lea, când se naște psihologia experimentală în laboratoarele psihologilor experimentaliști din Franța, Pierre Janet descoperă un termen foarte interesant „subconscience" (adică *subconștient*) și spune *Acești oameni care au intrat în transă spun niște lucruri pe care ei nu le-au aflat niciodată în viața lor, nu au trăit asta, vorbesc* *limbi străine pe care nu le cunosc, de unde vin lucrurile astea, de unde cunosc aceşti oameni care nu au fost vreodată la şcoală noţiuni avansate de chimie, fizică, literatură?* Pentru că acei oameni, explică tot el, în starea de transă, ajung într-o stare modificată a conştiinţei lor, adică accesează informaţia pe care o au stocată la nivelul corpului lor energetic, aş adăuga eu[2]. De foarte multe ori informaţia subconştientă este în stare latentă şi nu este manifestată. Subconştientul a fost cel mai clar delimitat în opera lui Pierre Janet. În *Automatisme psychologique* (1889), el a postulat două forme contrastante de activitate mentală, automatismul şi sinteza. Primul corespundea primordialului şi arhaicului, iar cel din urmă, creativităţii şi nivelurilor superioare de conştiinţă. Pe baza muncii experimentale cu isterici, Janet a demonstrat că în stările morbide, din cauza unui câmp de conştiinţă diminuat, automatismul a primat asupra activităţii de sinteză[3]. Janet a susţinut că şocurile emoţionale provoacă traume, care mai apoi îi împiedică pe cei în cauză să se adapteze la viaţa în sine, rămânând agăţaţi de frică, furie, tristeţe sau incompletitudine.

Raluca: Poţi da un exemplu cum anume se întâmplă asta şi mai ales în ce condiţii?

Ana: De exemplu, eu acum ca fiinţă umană, pe parcursul acestei zile nu o să manifest toate amintirile din toată viaţa mea, din cei treizeci şi unu de ani de până acum. Aşa

---

[2] Janet a fost unul dintre primii oameni care a considerat că există o legătură între evenimentele din trecutul unei persoane şi trauma actuală. El a inventat cuvintele „disociere" şi „subconştient". Studiul său despre „pasiunea magnetică" sau „raportul" dintre pacient şi hipnotizator a anticipat relatările ulterioare despre fenomenul de transfer.

[3] Janet, Pierre, *L'Automatisme psychologique: essai de psychologie expérimentale sur les formes inférieures de la vie mentale* (thesis), Felix Alcan, Paris, 1889.

cum nu o să manifest nici toate abilitățile sau toate defectele mele. Voi manifesta selectiv, câte o parte din ele sau o bună parte din ele, pe rând, în fiecare zi, în funcție de conjunctura în care mă aflu, anumite aspecte.

Cam așa se întâmplă și cu ceea ce noi manifestăm în viața noastră de la nivelul corpului nostru energetic. Adică eu am stocată foarte multă informație acum, dar dacă cineva mă întreabă ce am făcut anul trecut la ora asta sau în perioada asta nu mai aduc aminte, asta pentru că dacă nu a existat un eveniment marcant pe care eu la nivel energetic să pot acum să-l accesez, mintea mea l-a șters sau amortizat ca importanță. Cumva este și un mecanism de protecție: a șters acele amintiri ca să facă loc unora noi. Sunt amintiri care se află localizate strict la nivel de mental, și amintiri care se află localizate la nivelul corpului energetic.

În momentul în care intru într-o casă care seamănă cu casa bunicilor, retrăiesc toată acea stare pe care o aveam când eram copil și mergeam la ei. Cum pot eu să simt fix ce am simțit în acel moment când aveam 3 ani deși nu îmi aduc aminte nimic din perioada aceea? Pentru că mă întâlnesc cu toată acea stare care reactivează energia pe care eu o am deja stocată. Această energie este declanșată de un factor din afară care ne apasă exact butonul respectiv. Astfel ajung să mă întorc în timp, sunt acolo.

Raluca: Eu nu mai știu momentul respectiv, nu mai pot îmi aduc aminte neapărat exact cum eram îmbrăcat, ce anotimp era, ce am mâncat dar la nivel energetic eu știu exact ce am simțit atunci și felul în care ne simțim ne arată cât de prețioasă este această informație pe care o avem stocată la nivel energetic. Dar mai ales ne indică faptul că noi nu interacționăm cu ceilalți doar din mintea noastră ci din toată trăirea, din toate gândurile noastre. Sunt foarte mulți oameni care ajung la o vârstă înaintată fără să fi acumulat o informație care să îi ajute să se înțeleagă pe ei sau lumea înconjurătoare și invers, oameni care la o vârstă fragedă înțeleg viața în profunzimea ei. De ce?

Ana: Pentru că fiecare are o anumită cantitate de înțelegere și cunoaștere stocate la nivelul corpului energetic pe care o manifestă în viața sa. Din acea cantitate alegem conștient în fiecare secundă ce facem cu ea și în ce direcție merge.

Raluca: Aș vrea să revin puțin la blocajul energetic. Cum l-ai defini?

Ana: Un blocaj energetic înseamnă că nu mai pot să primesc, respectiv să ofer, din cantitatea de energie și de emoție pe care am înmagazinat-o din toate trăirile mele de până acum. Mai exact, sunt extrem de concentrat pe ceea ce eu am stocat mental ca fiind experiență negativă. Poate eu acum îmi doresc să-mi găsesc o slujbă, să intru într-o relație, dar sunt foarte dezamăgit de vechile locuri de muncă și de foștii parteneri. Cu această credință limitativă, pe care eu o am bine definită, *foștii mei parteneri au fost îngrozitori trecutul meu m-a nedreptățit sunt o victimă* eu pornesc să caut ceva nou. Dar cum aș putea să am parte de altceva decât ceea ce eu emit? Întotdeauna căutăm și identificăm în jurul nostru ca fiind valid ceea ce se află deja în interiorul nostru. Punctul meu de referință în acest moment în relația mea cu ceilalți este relația pe care o am eu cu mine. Sigur că pot să mă mint și să spun nu, *Eu știu foarte bine că la un moment dat o să găsesc pe cineva potrivit și chiar dacă eu acum gândesc negativ va veni acea persoană să mă salveze*. În realitate, eu nu am cum să accesez nimic atât timp cât frecvența mea vibrațională este diferită de ceea ce eu îmi doresc.

Raluca: Frecvența vibrațională, mai pe scurt și pe înțelesul tuturor, este exact starea mea de spirit, starea în care eu mă aflu?

Ana: Da. Frecvența vibrațională în echilibru înseamnă că sunt empatic, bucuros de viața mea, deschis unor noi experiențe, prezent în ceea ce mi se întâmplă. Am niște limite mentale și emoționale sănătoase, nu comit niciun abuz asupra celorlalți și nu îi las pe ceilalți să comită niciun abuz asupra mea.

> ***O frecvență vibrațională distorsionată sau bolnavă este una în care sunt extrem de închis emoțional, simt plăcere sau bucurie în a-i răni pe ceilalți, mă bucură să îi judec pe cei din jur pentru că asta mă face să simt că eu sunt special. Am senzația permanent că se va petrece ceva rău cu mine sau cu cei dragi, sunt anxios, pot apărea dependențe grave, stări de leșin, dureri inexplicabile, care apar și dispar brusc.***

Raluca: Așadar este firesc când mă întâlnesc cu un posibil partener și zic *OK, am venit și la întâlnirea asta, dar sincer nimic nu mă surprinde* corpul energetic al celeilalte persoane să citească informaţia şi să trimită înapoi către mine exact ceea ce eu manifest? Adică cealaltă persoană va ridica un zid deşi pare extrem de disponibilă la început.

Ana: Exact, da.

Raluca: Uite, de exemplu, pentru mine, muzica reprezintă cea mai la îndemână metodă ca să mă deconectez de la orice cantitate de energie negativă. În special, atunci când scriu o piesă (uite cum a fost *Memories* pe care am compus-o integral pe plajă, la Mangalia) simt această activare a întregului fluid vital şi reuşesc să mă detaşez de orice altceva în afară de momentul prezent. Cred că aş putea spune că orice activitate creatoare reprezintă o metodă de *grounding* (adică de împământare), ca să ajungi să stai pe deplin în momentul prezent. Dacă sunt conectat cu sufletul meu, nu mai reacționez din durerea sau frica trecutului.

Ana: Un talent nativ dezvoltat pe parcursul vieții ne dă șansa de a ieși dintr-un blocaj energetic și de a opri energia reziduală să ne schimbe realitatea emoţiei.

Raluca: Deci un blocaj la nivel energetic înseamnă că nu mai comunic transparent și corespunzător celorlalţi emoţiile şi stările mele, adică eu în sinea mea sunt un copil rănit de abandonul celorlalți. Prin urmare, ceea ce emit la nivel energetic este dezamăgire, scârbă și dezaprobare față de toţi. Oamenii interacţionează cu mesajul meu şi reacţionează în consecință, respingându-mă. Eu la nivel mental iau această informaţie şi zic *deci oamenii ăştia mă resping, uite că am avut dreptate oamenii sunt răi.* Este acesta un program mental negativ?

Ana: Da. Un program mental negativ înseamnă o credinţă pe care eu singur mi-o alimentez din tot ceea ce mi se întâmplă, alegând desigur să experimentez lucruri care au legătură cu tot ceea ce am trăit din poziția de victimă în care am trăit. Mulți oameni îmi scriu și îmi spun *vreau să cresc spiritual, vreau să fiu lumină, să nu mai sufăr.*

Raluca: Este suficient să îți dorești să eviți suferința ca acest lucru să se și întâmple?

Ana: Dacă vreau să am mai multă bucurie decât suferință în viața mea, lucrez în fiecare secundă, prin tot ceea ce fac, simt și gândesc către acest scop. Scopul în sine este în tot ceea ce eu fac, nu mai am nevoie de nicio destinație pentru că destinația este fix în ce simt și ce gândesc eu în fiecare zi. Corpurile noastre energetice „vorbesc", desigur, limbaje diferite unele de celelalte dar diferite și de mentalul nostru.

De aceea, cel mai fericit om este acela care are la nivelul corpului său energetic și la nivel mental o informație care nu se contrazice. Sunt foarte mulți oameni crescuți în durere, în traumă, sau în ură: aceștia au îndurat niște lipsuri foarte mari și într-un fel au dreptate să fie supărați pe viață și răniți, pentru că dacă le auzi poveștile și auzi ce au pățit nu ai cum să nu fii de acord cu faptul că au trecut într-o suferință îngrozitoare. Cu toate acestea, fiecare este responsabil de propriul proces de vindecare și remedierea oricărei nedreptăți se poate întâmpla doar atât timp cât eu particip în mod conștient la vindecarea mea.

Raluca: Chiar voiam să te întreb, ce e de făcut în aceste situații? Se vindecă o traumă în profunzime dacă se realizează o curățare de energia dureroasă a traumei, în paralel cu vindecarea pagubelor produse la nivel mental, de evenimentul dureros?

Ana: Dacă vorbim de schimbarea vieții noastre, trebuie să amintim în primul rând vindecarea programelor mentale negative, dar și eliberarea energiei traumei care ține activ programul mental. Un program mental negativ nu poate să ruleze în subconștient pe o perioadă lungă de timp dacă nu este întreținut de energia traumei care l-a generat. Curățare energetică înseamnă exact conectarea ta la o nouă frecvență vibrațională pe care o menții zilnic, nu doar când ai o stare de bine.

Raluca: Deci starea de bine e trecătoare, frecvența vibrațională este permanentă?

Ana: Da, frecvența vibrațională este alcătuită din totalitatea stărilor, emoțiilor și gândurilor pe care le ai. Starea ta, polaritatea gândului(bun sau rău) plus o manifestare în fapte înseamnă frecvența vibrațională.

Raluca: Ca să fim pe o frecvență benefică pentru noi, avem deci nevoie de echilibrul dintre minte și suflet? Adică să nu fie un gând bun cu o stare proastă? Ce se întâmplă dacă eu acum mă simt rău dar gândesc pozitiv?

Ana: Se întâmplă că frecvența ta nu este stabilă(adică nu este nici negativă, nici pozitivă) și asta duce la un conflict interior. Pe de o parte gândul bun îți generează un culoar benefic, dar starea proastă îl blochează. Atunci începi să vezi, de ce, dacă tu gândești azi pozitiv, ai o stare proastă?

Starea ta rezultă din emoția pe care o simți acum, din starea oamenilor din jurul tău, din iubirea pe care o oferi, din lipsa iubirii, din frica sau trauma care sunt înregistrate în subconștientul tău. Corpul energetic este cel care are înmagazinată energia care corespunde programelor și arhetipurilor mentale din subconștient. Orice gând este o cantitate subtilă de energie. Experimentele efectuate de fizicieni cuantici prezintă materia mai mult ca o probabilitate care este adusă în manifestare de alegerile noastre. Alegerile noastre la rândul lor sunt o serie de posibilități infinite, din care noi, prin reducție cuantică, ne identificăm cu una singură. Înseamnă asta că celelalte posibilități nu există? Nu. Înseamnă doar că ceea ce eu voi alege din seria de probabilități cuantice, prin observarea alegerii mele, va deveni realitatea mea.

Raluca: Din punct de vedere cuantic, realitatea este doar ceea ce eu observ?

Ana: Din momentul în care observi orice, începe să existe pentru tine. Spre exemplu, acum se află mulți oameni în jurul nostru, dar pe tine nu te afectează viața lor, credințele lor, ce simt ei. Dacă în schimb oricare dintre ei ar face vreun gest către tine, ei ar deveni brusc parte din realitatea ta. Pentru că tu ți-ai orienta atenția către ei, ei ar emite o formă de energie către tine, și prin interacțiunea voastră ar ajunge să facă parte din realitatea ta. Ce nu observi există, dar nu pentru tine. Doar stările, persoanele, situațiile cu care tu interacționezi sunt parte din realitatea ta.

Raluca: Deci nu avem cu toții aceeași realitate?

Ana: Fiecare avem realitatea oamenilor, stărilor și alegerilor pe care le facem. Din punct de vedere cuantic, există posibilități infinite pentru fiecare dintre noi. Realist vorbind în schimb, alegerile pe care le facem reduc posibilitățile infinite la un singur rezultat, pus în practică de mine, cel care observ și prin acest act, îmi creez realitatea. De exemplu, doamna care stă lângă noi la masă și se ceartă cu ginerele ei, este realitatea ei și a noastră?

Raluca: Nu este, dar pentru că strigă la el de când am venit, ne-a introdus în poveste...

Ana: Exact. Noi eram în realitatea noastră, până să interacționăm cu informația ei. Ne-a atras atenția prin limbajul folosit, adică ne-a tras atenția în direcția ei, ne-a făcut să emitem o formă de energie către ea, prin urmare a intrat în realitatea noastră. Dar dacă nu ar fi avut tonul ridicat și nu o auzeam, nimic din ce trăia ea nu era parte din ziua noastră. Deci dacă nu e observat un lucru sau o persoană, există separat de noi, într-un mod care nu ne afectează viața în niciun fel.

Raluca: Și provocarea cea mare este să ne mutăm atenția de la ceea ce ne deranjează, ne doare, ne influențează viața în mod negativ, la ceva care ne face bine, și ne ajută. Să reușim să observăm mai mult binele, decât răul, până când el devine predominant în tot ce ne înconjoară.

Ana: Pentru asta este nevoie să fii conștient de faptul că tu creezi în primul rând realitate pentru tine, permanent. Fiecare gând, fiecare emoție, fiecare gest pe care îl faci astăzi reprezintă ziua de mâine, ce vei trăi, ce vei simți în viitor. Energia stocată de corpul nostru energetic este realitatea mea, de astăzi. Dacă eu sunt încărcat de durerea trecutului, mesajul pe care îl port cu mine oriunde merg este *Mă doare, sufăr, orice lucru bun mi se va întâmpla, îl voi transforma în durere.* Desigur, este valabilă și cealaltă variantă *Oriunde merg simt bucurie de la tot ce mă înconjoară pentru că bucuria din interiorul meu este proiectată asupra a tot ce se petrece în exterior.*

Orice rău va fi transformat prin interacțiunea mea cu el, atât timp cât sunt pe o frecvență de iubire și adevăr. De aceea lucrurile nu sunt în vreun fel anume fixat, în sinea lor, ci interacțiunea noastră cu ele, determină dacă ne fac bine sau rău. Starea pe care o avem este în primul rând consecința obiceiurilor noastre, de a observa și interacționa în mod repetat cu anumite persoane, tipare comportamentale și situații.

Raluca: Deci trebuie mereu să văd ce generează starea mea ca să pot să o corectez. Altfel, e un cerc vicios, mă obișnuiesc așa, aștept gândul meu pozitiv să îmi schimbe starea, dar asta nu se întâmplă.

Ana: Dacă tu ai o suferință emoțională, ai o rană deschisă pe care gândul nu o va putea repara. Este nevoie să fie susținut de emoție gândul bun, să echilibrezi emoția aceea disruptivă, ca gândirea pozitivă să fie într-adevăr pozitivă.

Raluca: Da, altfel mă simt vinovat că gândesc pozitiv dar trăiesc negativ, e practic o frustrare enormă că nu ajungi la starea de bine pe care ți-o dorești.

Ana: Nu ajungi pentru că nu ești dispus să te implici pe toate fronturile pentru acea stare de bine. Gândirea pozitivă este un aspect pentru o stare emoțională bună, dar nu este singurul. Starea emoțională reflectă nivelul meu de autocunoaștere, calitatea relațiilor din viața mea, vindecarea traumelor din trecut, starea de recunoștință față de propria persoană.

Raluca: Gândești pozitiv ca urmare a stării tale de bine?

Ana: Da, gândești așa cum te simți. Gândul negativ apare după ce mintea ta a detectat o stare proastă și dă un verdict despre asta: *deci din motivul ăsta nu sunt eu fericit, că nu arăt bine. Dacă aveam și eu un iubit ca al ei, eram fericită. Dacă nu eram vulnerabil, nu mă mai făcea să mă simt prost.* Gândurile negative sunt generate de stările proaste, pe care mintea ta le clasifică și diagnostichează într-un anume fel.

Raluca: Dar toate motivele astea nu au legătură cu starea proastă, nu?

Ana: Nu prea, au mai mult legătură cu programele tale mentale negative, care sunt declanșate când ești într-o pasă proastă. Practic, un pic ți s-a schimbat dispoziția și din subconștient încep să iasă tot felul de *monstruleți* care îi urmează pe marii monștri care aici pot fi vinovăția, rușinea, neputința, revolta.

Raluca: Și cine pune frână declanșării acestor programe mentale negative? Sau nu se poate pune frână deloc?

Ana: Pui frână în două feluri: în primul rând prin tot ceea ce faci înainte de momentul de criză, prin cultivarea unui comportament responsabil și compasional față de tine. Nu știu dacă există acest cuvânt, *compasional,* dar ar trebui desemnată cumva această stare de compasiune față de tine, când ești pasionat de starea ta de bine dar pe lângă pasiune ai și grijă de tine.

Raluca: Am căutat acum pe DEX online, și se pare că există.

Ana: Dacă ești mereu atent la sufletul tău, stările de criză sunt de scurtă durată și intensitatea lor este sub medie, nu mai ajungi acolo, pe fundul prăpastiei, sau dacă ajungi acolo, ai o plasă de siguranță.

Raluca: Plasa fiind *comportamentul compasional*?

Ana: Exact. Tu știi că în orice ai intrat, ai puterea să ieși de acolo, pentru că te bazezi pe tine suficient de mult.

Raluca: Și care este al doilea fel în care ne împotrivim unui program mental negativ?

Ana: Meditația. Rugăciunea. Sportul. O îmbrățișare. Exprimarea a ceea ce simți. O inspirație. Acțiuni pe care le faci atunci, pe moment, când simți că starea ta se schimbă în rău. Dacă se ajunge într-un punct în care nu te mai descurci singur, și prezența energiei reziduale la nivel energetic este mai ridicată decât cea a energiei tale vitale, atunci este nevoie de intervenție din afară, adică de o formă de terapie holistică prin care fiecare centru energetic în parte este curățat.

Raluca: Nu mereu ne dăm seama că lucrurile încep să se deterioreze emoțional, uneori asta se întâmplă pe nesimțite.

Ana: Așa este, nu ne dăm seama mereu. Dar oare de ce nu ne dăm seama?

Raluca: Mă întrebi pe mine sau este o întrebare retorică?

Ana: Ambele variante.

Raluca: Păi cred că nu ne dăm seama pentru că suntem ocupaţi cu altceva în momentul respectiv, avem alte priorităţi. Eu de exemplu, când am de învăţat câteva sute de pagini pentru un examen, în câteva zile, tind să mă panichez. Mă las furată de presiunea aceea şi uit că dacă starea mea nu e una bună, nu am cum să reţin nimic, degeaba voi citi sau asculta orice material. Sunt mai preocupată de problemă decât de rezolvarea ei, şi astfel îmi creez o problemă mai mare.

Ana: Da, uneori suntem atât de preocupaţi de problemă încât uităm că putem să o rezolvăm. Orientarea mai mult către soluţii şi mai puţin către neplăcerea cauzată de problemă este un comportament cognitiv care se învaţă. Unii oameni se nasc optimişti, alţii învaţă toată viaţa să fie.

Raluca: Şi reuşesc?

Ana: Depinde de perseverenţă, determinare şi disciplină.

Raluca: Am pornit de la blocaj energetic şi am ajuns la disciplină?

Ana: Întotdeauna, de la orice porneşti şi oriunde vrei să ajungi, vorbeşti de disciplină. Dacă nu te ţii de ceea ce ai de făcut, mereu va fi altceva mai important şi obiectivul tău va rămâne pe locul doi.

Raluca: Acum spune-mi tu, de ce nu ne dăm seama când starea noastră emoţională se transformă? Sau mai bine zis ne transformă în nişte oameni trişti, posomorâţi şi enervanţi?

Ana: Nu ne dăm seama dacă nu suntem obişnuiţi să ne verificăm starea. Ai văzut când faci ceva de mâncare, că pe parcurs guşti permanent, să vezi ce îi mai trebuie? Adaugi, sare, piper, ierburi sau din contră diluezi cu apă dacă e prea concentrat? Cam aşa e şi cu starea emoţională: trebuie în permanenţă să verifici, cum eşti, ce mai trebuie adăugat în viaţa ta şi cine sau ce trebuie îndepărtat. Sunt oameni a căror simplă prezenţă îţi distruge complet starea, şi oameni care îţi înseninează ziua fără să spună un cuvânt. Tu eşti cel care decide cine rămâne lângă tine, cine stă mai la distanţă şi plecarea cui din viaţa ta înseamnă salvarea de la moarte.

Raluca: Ce înseamnă asta mai exact? Că dacă nu verific care este starea mea, o să dau în clocot precum supa?

Ana: Cam aşa. Dacă nu eşti atent la ce te deranjează acum, ce simte sufletul tău când stă lângă o persoană, ce te întristează cel mai tare, ajungi să trăieşti lucruri care te distrug pe parcurs, dar cu care te obişnuieşti. Dacă nu identifici la timp factorii care îţi perturbă starea, şi nu iei măsuri să îi eviţi sau elimini de-a dreptul din viaţa ta, rişti să te trezeşti că ai doar stări proaste şi asta nu ţi se mai pare ciudat în vreun fel. Oamenii care ajung să fie împietriţi emoţional, sau cei care simt doar ură şi furie sunt cei care au pierdut legătura cu starea lor emoţională şi nu au făcut nimic sau nu au făcut suficient ca să restabilească conexiunea între ce simt şi cum se manifestă.

Tot ceea ce se întâmplă la nivelul corpului energetic este de domeniul terapiei holistice, care se adresează vindecării daunelor produse de energia reziduală, negativă sau dureroasă.

Raluca: Adică un tratament holistic poate implica o formă de consiliere spirituală sau o terapie complementară, precum acupunctura, îngrijirea chiropractică, fitoterapia, homeopatia sau bioenergia?

Ana: Da. Un tratament holistic se referă la o vindecare a minții, trupului și spiritului în același timp. Dacă o parte este bolnavă, ea face parte din întreg și este corelată cu alte părți.

Nu poți vindeca doar mintea fără să te adresezi și sufletului. Orice tratament are mult mai mult șanse să funcționeze atunci când se ține cont de istoricul emoțional al pacientului, de starea sa mentală, de bolile genetice, de consumul emoțional și traumele precedente. Ca să existe vindecare este nevoie de o abordare la nivelul corpului, minții și sufletului, care ia în seamă toate părțile aflate în dezechilibru, acestea fiind tratate separat, dar și împreună.

Raluca: Avem nevoie să înțelegem că suntem și minte dar și acest corp energetic, care odată ce asimilează o cantitate de energie negativă reziduală uriașă se poate bloca? Adică nu mai primesc energie curată, energie sănătoasă din iubirea celorlalți, din lucrurile bune care mi se întâmplă, din iubirea Divinității față de mine, ci tot ceea ce vine bun către mine este îmbâcsit și blocat, transformat pe frecvența mea. Ni s-a repetat în perioada pandemiei, igienizează-te, spală-te pe mâini, dar se vorbește mai puțin despre această igienă spirituală și anume faptul că exact cum dacă nu mă spăl pe mâini 10 zile ajung să îmi pun în pericol sănătatea, așa se întâmplă și energetic: nu te cureți de energia "murdară" de frică, revoltă, supărare, se adună o serie de deşeuri, o serie de informaţii care sunt problematice pentru buna funcţionare a corpului energetic. Dar ce păcat că acest corp fizic este vizibil, celălalt, nu.

Ana: Corpul energetic este, conform unor fizicieni cuantici precum Amit Goswami, alcătuit din materie eterică, nu materie fizică aşa cum se întâmplă în cazul corpului fizic[4]. Corpul energetic este, aşa cum explică vechile scrieri Vedice[5], caracterizat de interacţiunea dintre mişcare (unde mă aflu, în ce loc, am activitate sedentară sau fac mişcare), sentimente (care este starea mea predominantă, ce anume îmi motivează şi determină existenţa), emoţii (starea mea emoţională generală), gânduri (care sunt principalele direcţii în care merg gândurile mele), experienţe (felul cum interacţionez cu alţi oameni). Fiecare centru energetic în parte este activat în fiecare secundă de tot ceea ce gândesc, simt şi spun. Aceşti centri energetici (cunoscuţi şi drept "chakre") sunt instrumentele de accesare ale corpului energetic. Corpul fizic este tranzitat de un întreg sistem de chakre.[6]

Deşi chakrele sunt noţiuni care au devenit extrem de popularizate în rândul persoanelor interesate de spiritualitate în ultima decadă, acestea sunt un sistem energetic complex şi străvechi care a luat naştere în India. Prima menţiune despre chakre apare în Vede, o serie de scrieri

---

[4] Amit Goswami, *The Quantum Doctor : A Physicist's Guide To Health And Healing*, Hampton Roads Publishing Company, Incorporated, 2004

[5] Ranade Ramachandra Dattatrya, *A constructive survey of Upanishadic philosophy*, Bharatiya Vidya Bhavan, 1926.

[6] Samuel, G, Johnston, J., *Religion and the Subtle Body in Asia and the West: Between Mind and Body*. Routledge studies in Asian religion and philosophy, Taylor & Francis, 2013.

spirituale sacre antice datând între 1500 și 1000 Î.Hr, considerate cele mai vechi scripturi hinduse.[7]

Chakra (cakra în sanscrită) înseamnă „roată" și se referă la fiecare centru energetic plasat la intersecția dintre corpul fizic și corpul energetic. Acestea se prezintă sub forma unor discuri de energie care se rotesc, și care, pentru o funcționare optimă a corpului energetic ar trebui să rămână „deschise" și aliniate. Fiecare chakră corespunde unui organ de la nivelul corpului fizic și se ocupă de funcționarea unei zone din corp.

Când vorbim despre chakre, ne referim la cele șapte chakre principale care trec de-a lungul coloanei vertebrale. Fiecare dintre ele are un număr corespunzător, un nume și o culoare specifică.[8]

Raluca: Știm multe despre corpul fizic și funcțiile sale grație cercetărilor din cadrul științelor medicale moderne, cu toate acestea, există încă foarte multe lucruri de descoperit despre felul în care emoția, gândul și energia interacționează cu realitatea fizică. Mie mi se pare că pe măsură ce aflu mai multe, totul devine mai complex, iar eu știu mai puțin.

Ana: Aș fi vrut să inserez aici emoticonul pentru râsete, cele două puncte și parantezele, dar scriem o carte și nu o pot face. Să știi, Ralu, că acesta e semnul că ești pe drumul

[7] Nakamura Hajime , *A History of Early Vedānta Philosophy(partea a doua),* Motilal Banarsidass Publications, 1983.

[8] Johari Harish, Chakras: Energy Centers of Transformation, Inner Traditions, 2000.

cel bun. Leonardo da Vinci spunea *Cu cât cunoști mai mult, cu atât iubești mai mult*. E firesc orice formă de cunoaștere să vină la pachet cu o senzație de necunoscut, pentru că pe măsură ce descoperi realizezi că de acolo pornesc noi direcții de cercetare, și orice răspuns complex naște o nouă întrebare. Dacă ai senzația că știi puțin nu e pentru că nu ai aflat ce trebuia, ci pentru că deja presimți tot ce urmează să descoperi în continuare, pornind de aici. Trebuie doar să nu ne pierdem această curiozitate și dorință de a explora mai mult mintea și sufletul uman.

Raluca: Revenind la discuția noastră, cum ne putem curăța energetic? Poți face asta singur sau este nevoie de ajutor specializat, separat?

Ana: Acum, din propria experiență, pot spune că ambele variante funcționează și ambele sunt de urmat. Astfel încât, sunt momente când ești mult prea blocat ca să reușești pe cont propriu, și se impune o curățare energetică făcută de altcineva- aici vorbim de reiki, bioenergie, acupunctură și orice formă de terapie care are drept scop reechilibrarea corpului energetic și lucrează cu ajutorul energiei sacrale. Dar sunt și metode pe care le poți accesa singur, de exemplu meditația, rugăciunea și stilul de viață (dietă, program de somn, obiceiuri emoționale, sport). Din punctul meu de vedere, aceștia sunt cei patru piloni ai curățării corpului energetic.

Dacă simțim că nu putem să facem ceva singuri este indicat să cerem ajutor dar curățarea energetică poate să însemne și să merg mă plimb pe jos 30 de minute într-un parc, să beau un pahar cu apă, să fac o baie, citesc ceva sau ascult o anumită muzică. Cel mai important este acest act de responsabilitate pe care îl fac faţă de conştiinţa mea, pentru că dacă ajung să fiu conştient de mine toată viaţa mea se schimbă. Toţi oamenii din jurul nostru, din viaţa noastră în permanenţă decriptează şi traduc informaţia pe care corpul nostru energetic le-o transmite despre noi.

Raluca: La fel cum se întâmplă şi cu încrederea în noi înşine: un om poate să se uite la altul şi să-şi dea seama dacă are încredere în el sau nu, fără ca omul acela să facă nimic. Asta pentru că la nivel energetic informaţia pe care o transmite este una uşor de citit şi interpretat de către o altă persoană.

Ana: Da. Asta se întâmplă şi în urma unui eveniment traumatizant, unei boli sau probleme grave pe care le avem, de absolut orice natură: corpurile noastre energetice au de suferit adică se încarcă cu o cantitate de energie reziduală foarte mare. Se poate să nu trec printr-un eveniment traumatizant dar mintea mea să genereze o serie de scenarii negative pe care eu la nivelul corpului energetic le înmagazinez şi le preschimb în felul în care interacţionez cu toţi cei din jurul meu. Şi atunci iarăşi am o problemă uriaşă pentru că, fără să-mi dau seama, eu aduc în viaţa mea şi creez o serie de situaţii şi de întâmplări care sunt consecinţa a ceea ce corpul meu energetic prelucrează. Corpurile subtile din alcătuirea corpului energetic sunt ca nişte rafturi dintr-o bibliotecă: pe primul raft sunt stocate emoţiile mele cu tot ce simt (corpul eteric), pe al doilea raft sunt stocate toate gândurile mele (corpul mental) şi pe următoarele rafturi sunt stocate atât emoţii, cât şi gânduri şi experienţe. Pe "rafturile superioare" se află toate lucrurile pe care eu le trăiesc în această existenţă. În toate etapele din viața mea am stocate inclusiv interacțiunile cu alte corpuri energetice, felul în care i-am făcut pe oameni să se simtă.

Destinul meu este influențat de ceea ce eu la nivel energetic emit constant: noi ca ființe umane, ca să putem funcționa, avem nevoie să primim energie curată, energie de iubire, liniște, armonie și să ne eliberăm de tot ce înseamnă energie negativă.

Raluca: Dar asta nu înseamnă că eu în viața mea pot să fiu doar într-o stare de bine și de liniște, viața te trece uneori prin lucruri îngrozitoare și neprevăzute. Am o grămadă de stări, dar ceea ce contează este ca aceste lucruri să nu rămână acolo și să devină realitatea mea. Pot să trec printr-o etapă dureroasă, dar este important să nu iau acea etapă și să o proiectez asupra vieții mele tot timpul și să spun *pentru că am fost nefericit atunci pentru că am fost bolnav atunci pentru că am avut problema aia viața mea, toată va fi așa.*

Ana: Foarte bine spus, este adevărat: viața poate fi trăită doar atunci când este lăsată să fie și curge în permanență. Când eu mă opresc forțat de ceea ce mintea mea evaluează, undeva în viața mea și spun *eu sunt această traumă,* la nivel energetic nu mai asimilez informație nouă și nu mai pot să cresc. Corpul energetic are nevoie de informație pe o anumită frecvență vibrațională ca să crească în iubire. Așa cum un copil se dezvoltă fizic și se transformă în adult, la fel corpul energetic crește toată viața, doar că spre deosebire de corpul fizic nu se oprește niciodată din crescut, este într-o expansiune continuă, infinită, pentru că nu există început şi sfârşit în conştiinţa cuantică. De aceea, pentru buna dezvoltare a corpului energetic este necesară o frecvenţă vibraţională care să nu mă împovăreze şi să mă tragă în jos, către energia dureroasă din trecut.

Raluca: Corpul nostru energetic învaţă de noi şi noi de la el, nu?

Ana: Da. În timp înveţi ce înseamnă hrană pentru sufletul tău sau otravă care te îmbolnăveşte. Tu înveţi de la felul în care se simte corpul tău energetic în anumite circumstanţe, iar apoi acest corp energetic la care tu ai lucrat, ştie exact cum să reacţioneze, el decide ce păstrează şi ce elimină din viaţa ta.

Trezirea spirituală: cum știu că m-am trezit spiritual?

Raluca: Draga mea soră, tare aş vrea să vorbim despre trezirea spirituală, adică despre ce înseamnă asta mai exact, pentru că foarte multe persoane spun *OK, înțeleg că este ceva dincolo de mine, înțeleg că nu sunt doar un corp fizic și că ceea ce se întâmplă în viața mea nu este aleatoriu. Am început să realizez că există un motiv pentru care lucrurile mi se întâmplă, însă în același timp cum știu că m-am trezit spiritual? Cum îmi dau seama că sunt într-o etapă de creștere spirituală, care sunt etapele acestei treziri spirituale? Cum identific eu exact locul unde mă aflu în cadrul acestui proces de trezire spirituală?*

Ana: În primul rând, să începem cu începutul: procesul de trezire spirituală se referă la conştientizarea a tot ceea ce eu sunt în afara corpului meu fizic, în afara identității mele sociale sau a unui rol pe care îl joc în familia mea, în mediul profesional.

Procesul de trezire spirituală înseamnă practic un moment alcătuit din mai multe etape. Este un moment care se desfăşoară permanent, pentru că el se întâmplă pe tot parcursul vieţii mele şi este alcătuit din toate întâmplările prin care eu trec ca să ajung la esenţa mea, la tot ceea ce eu sunt.

Raluca: Mereu mi s-a părut acest *cine sunt eu cu adevărat* greu de definit şi de înţeles până la o anumită vârstă când începi să te accepţi aşa cum eşti, în gândurile, emoţiile şi trăirile tale. Care ai spune că este cel mai potrivit răspuns la întrebarea *cine suntem cu adevărat?*

Ana: Tot ceea ce mă face pe mine să fiu eu, dincolo de orgoliul meu, de aşteptări, de condiţionări, de suferinţele din viaţa mea. De fapt, toată viaţa nu facem altceva decât să găsim noi răspunsuri şi interpretări pentru această întrebare. La douăzeci de ani descoperi că eşti cineva, la treizeci altcineva. După un divorţ, o despărţire, o durere sufletească mare, apar la suprafaţă "puteri nebănuite", înveţi despre tine că eşti mult mai înţelept decât credeai şi multe dintre slăbiciuni sunt transformate în calităţi. Întrebarea *cine sunt cu adevărat?* ar trebui să ne fie tovarăş de drum pe parcursul întregii noastre existenţe, iar răspunsurile să le primim cu recunoştinţă. Uneori, descoperi că eşti altfel decât ţi-a spus mintea ta, viaţa te pune în nişte situaţii unde greşeşti enorm. Nu te flatează deloc răspunsul pe care îl primeşti atunci, dar ce contează cel mai mult este să accepţi toate răspunsurile şi să fii dispus să lucrezi cu tot ce eşti tu, aşa cum eşti, zi de zi.

Oricât de cumplit ar fi adevărul neplăcut pe care îl descoperi despre tine, dacă eşti sincer cu tine şi îl accepţi, ai o direcţie de vindecare.

Dacă în schimb eşti într-o stare de negare şi revoltă, nu vei reuşi să avansezi spre noi răspunsuri despre cine eşti cu adevărat. Astfel, rămâi blocat într-o etapă de durere, confuzie și plafonare, pentru că nu reușești să accepți decepția, deziluzia, dezamăgirea: da, tu ți-ai fi dorit ca relația aceea să meargă, omul iubit să nu plece din viața ta, să nu ai anumite dependențe, profesia ta să fie alta, dar adevărul este cel pe care îl trăiești azi. Nu îți convine ce ai? OK, poți să schimbi situația. Dar important e să vezi ce nu îți convine și de ce nu îți convine. Cât te minți că nu e nicio problemă, că totul nu este din vina și responsabilitatea ta, procesul de vindecare și schimbare nu poate începe.

Raluca: Din ce spui, înțeleg că a fi sincer cu tine însuți/însăți este prima etapă în cadrul oricărui proces de trezire spirituală?

Ana: În mod cert, da. Toată viața noastră, tot ceea ce facem are legătură cu această trezire spirituală, fie că vrem să acceptăm asta sau nu. Debutul procesului este atunci când încep să înțeleg, de ce lucrurile se întâmplă așa și nu altfel în viața mea?

De ce anumiți oameni au o copilărie fericită și alții sunt abuzați? De ce unii oameni trec prin niște chinuri de nedescris iar alți oameni nu trebuie să facă nimic ca să obțină lucruri pe care le primesc de-a gata și pentru care de multe ori nu sunt nici recunoscători? Și ne întoarcem la acest proces de trezire spirituală care se întâmplă extrem de diferit și are particularități greu de anticipat pentru mintea noastră. E important să menționez de la bun început că nu putem să judecăm ritmul în care se trezește cineva din punct de vedere spiritual.

Raluca: Există un moment anume pentru fiecare persoană în parte? Este un prag de trezire spirituală pe care fiecare dintre noi îl trecem la un moment dat?

Ana: Da. Această trezire spirituală nu se întâmplă progresiv, odată cu înaintarea în vârstă, ci este determinată mai degrabă de profunzimea experiențelor mele și de vârsta mea emoțională, nu biologică. Sunt oameni care se trezesc spiritual la optzeci de ani, cu câteva zile înainte să moară, și oameni care experimentează acest proces de trezire din copilărie.

Raluca: Dar toți oamenii se trezesc spiritual la un moment dat?

Ana: Toți au posibilitatea să o facă, dar fiecare persoană are liber arbitru. Dacă persoana în cauză va urma posibilitatea trezirii spirituale, va produce o manifestare a acestei treziri în viața sa, sub forma unei vindecări, unei schimbări de multe ori văzută drept miraculoasă de cei din jur.

Raluca: Dar cum ai defini în câteva cuvinte simple trezirea spirituală?

Ana: Aș spune că este momentul în care te conștientizezi ca emoție, stare și suflet. Și momentul în care începe să îți pese de tine suficient de mult încât să îți descoperi sufletul și astfel să crești empatia, compasiunea, iubirea, pe care deja le ai. Sau dacă ele sunt absente din viața ta, este momentul în care realizezi necesitatea acestor atribute și simți nevoia acestui viraj într-o direcție diferită de tot ce ai făcut până atunci.

Raluca: Deci dacă eu astăzi mă hotărăsc că m-am săturat să învăț sute de pagini dintr-un compendiu de medicină şi renunţ la facultate se numeşte că am suferit o trezire spirituală?

Ana: Păi stai un pic. Depinde foarte mult de motivul pentru care vrei să renunţi : dacă o faci pentru că ai o criză, eşti la pământ şi simţi că nu mai poţi, atunci nu este o trezire spirituală, ci este un moment în care pur şi simplu ai nevoie să iei o pauză şi să te aduni. Dacă în schimb, tu nu ţi-ai dorit niciun moment să faci facultatea asta şi acum renunţi, pentru că asta e ceea ce simţi tu cu adevărat, atunci da, putem vorbi de o trezire spirituală. Dar acest termen nu poate fi folosit pentru activităţi rebele distructive, ca un fel de scuză pentru că nu vindeci eventualele derapaje mentale sau emoţionale şi spui *a fost un moment de trezire spirituală când am luat decizii dezastruoase pentru mine şi cei m-au rănit şi mi-au distrus viaţa.*

Nu, trezirea spirituală poate să fie o criză, un necaz, o durere, neprovocată de mine, în urma căreia eu ajung la nişte adevăruri şi înţelegeri profunde ale fiinţei mele. Deosebirea este că nu provoc eu o formă de rău, mie sau cuiva, şi vin apoi să justific lipsa mea de compasiune sau autocontrol, numind-o trezire spirituală.

Raluca: Deci trezirea spirituală este atunci când din ceva rău eu caut binele şi învăţ ceva de acolo?

Ana: Da. Trezirea spirituală este reprezentată de orice moment de conştientizare.

Raluca: La ce se referă această conştientizare?

Ana: Poţi conştientiza cine eşti, ce vrei. Ce ai chef să faci cu tine? De ce nu îţi iubeşti părinţii? Care este cauza nefericirii tale? Care e pasiunea ta? Orice conştientizare este, sub o formă sau alta, un moment de trezire spirituală.

Raluca: Este această conştientizare ceva ce se întâmplă cu mintea, sau cu sufletul?

Ana: Este ceva ce se întâmplă în trăirea ta, simţit de emoţia ta şi perceput drept relevant pentru experienţa ta de către mintea ta, care va interpreta şi codifica această informaţie într-un nou program mental.

Raluca: Deci un program mental nu este mereu negativ?

Ana: Nu este mereu negativ, dar fiind o formă de programare, de automatizare, poate deveni periculos în anumite situaţii în care înlocuieşte complet trăirea mea.

Raluca: Adică eu nu mai cunosc un om cu sufletul meu, ci îl judec prin prisma programului mental şi practic îmi distrug conexiunea emoţională cu el?

Ana: Exact. Programele mentale sunt periculoase în măsura în care ele iau locul trăirii autentice şi spontane. Programul tău mental limitativ de tipul *eu nu pot fi fericit, nu voi avea niciodată parte de iubire în viaţa mea* este o proiectare inflexibilă şi limitativă a unor experienţe trecute sau a unor temeri nefondate legate de viitor. Tocmai de aceea unii oameni sunt extrem de încăpăţânaţi şi inflexibili, pentru că sunt ancoraţi în aceste programe mentale şi nu îşi dau voie să trăiască în afara lor, să vadă cum este viaţa în afara a ceea ce ei cred că este adevărul suprem?

Raluca: Tocmai pentru că, aşa cum ai spus şi tu, de multe ori ne trezim în etape de trezire spirituală diferite, chiar faţă de oamenii dragi din viaţă noastră, cum facem să ne sincronizăm? Că poate eu acum sunt o fiinţă evoluată, cu lecţiile învăţate, dar sunt îndrăgostit/ă de un om care nu are nici cea mai mică idee despre ceea ce este evident pentru mine?

Ana: Nu este drept să mă supăr pe cineva care este mult în urma mea și să spun *omul ăsta e un prost, el nu e capabil de creștere spirituală.* Nu, fiecare din noi parcurge acest proces la momentul pe care el îl identifică drept oportun pentru el însuși și chiar această identificare a momentului oportun este parte din procesul de trezire spirituală.

Trezirea spirituală este acel moment în care începi să pornești către esența ta interioară, către ceea ce ești tu ca și formă de energie nepieritoare așa cum fizica cuantică ne spune - conștiința etern creatoare în permanentă expansiune. Această conștiință comunică cu celelalte forme de conștiință (adică cu ceilalți oameni) în funcție de tot ceea ce ai acumulat în această existență.

Raluca: Care ar fi cele mai mari beneficii ale procesului de trezire spirituală? Sau de ce ar trebui cineva să fie interesat de procesul de trezire spirituală?

Ana: Sunt mai multe *beneficii*. Primul ar fi că începi să îți recunoști propriile emoții și să înțelegi de ce te face cineva sau ceva să te simți bine sau rău.

Conștientizarea emoției tale, separată de restul acțiunilor, este primul beneficiu major al trezirii spirituale. În următorul rând, înveți să răspunzi diferit la frustrare, mânie și neputință. Tendința de a dramatiza sau de a te victimiza dispare, pentru că tot focusul tău începe să fie pe rezolvarea problemei, și nu pe gravitatea ei insurmontabilă.

Începi să îți stăpânești emoțiile, fără să le reprimi sau negi.

Raluca: Ai spus ceva care merită discutat, eu cred că multe persoane au convingerea că a stăpâni o emoţie înseamnă să o reprimi, să te porţi ca şi când ea nu există, ceea ce nu este adevărat. Dacă ajungi să stăpâneşti o emoţie intri în dialog cu ea, o simţi, o înţelegi şi apoi faci ceva constructiv, nu ai o atitudine de parcă nu ar fi existat.

Ana: Într-adevăr.

Raluca: Ce urmează pe lista beneficiilor, după ce ai învăţat să îţi stăpâneşti emoţia?

Ana: Aşa cum ai menţionat şi tu, urmează direcţionarea acestei intensităţi emoţionale către un scop productiv. Adică, în loc să te laşi distrus de intensitatea unei emoţii negative, o conştientizezi, şi foloseşti această intensitate-pe care o simţi din plin-ca să devii mai empatic; să te pui şi în locul celuilalt, înainte de a judeca. Începi să îţi înţelegi şi analizezi relaţiile şi în afara nevoilor tale personale, te gândeşti în ce mod poţi să îmbunătăţeşti tu vieţile oamenilor dragi?

Raluca: Etapele unui proces de trezire spirituală pot să se întâmple succesiv sau complet aleator?

Ana: Este foarte important de menţionat că putem avea două etape ale trezirii spirituale care se desfăşoară simultan.

Nu trebuie să ne speriem și să spunem am rămas în urmă, nu știu ce se întâmplă cu mine pentru că pur și simplu noi nu facem altceva decât să trecem prin ce trece absolut fiecare ființă umană în această viață: descoperă cine este cu adevărat.

Prima etapă a procesului de trezire spirituală este *Accidentul*, adică haosul asociat cu negarea tuturor rănilor, a chinului şi suferinţei profunde. În majoritatea cazurilor această trezire spirituală înseamnă că ajung să mă confrunt cu ceva ce nu am mai trăit până acum, ceva ce nu ştiu să gestionez dar mă doare şi mă smulge din tot ceea ce eu sunt. Sunt nevoit să găsesc nişte răspunsuri, pentru că tot ce ştiam ca fiind valid până în acel moment, nu mai există.

Raluca: Putem spune că de obicei trezirea spirituală începe cu un moment de haos şi de revoltă, care poate să fie în interiorul meu sau în afara mea? Şi dacă da, este acest moment legat de cineva din afara ta sau doar de o conştientizare personală?

Ana: Da, este un moment legat de oamenii din viaţa mea faţă de care simt că nu am instrumentele necesare să-i gestionez.

În toate situaţiile de criză care generează o stare de panică şi disperare încep să mă reconfigurez mental şi emoţional ca să pot să merg mai departe. Trezirea spirituală de multe ori începe cu această stare de negare- de exemplu oameni care intră în contact cu informaţii profund spirituale, care nu au legătură cu vreo religie anume sau vreo formă de credinţă pur şi simplu simt ceva care îi face să creadă că mai există altceva în afară de materie.

Atunci începe procesul de trezire spirituală, dar ei îl manifestă drept negare profundă şi spun *Nu există aşa ceva, nu există nimic în afara mea. Noi oamenii suntem doar niște ființe umane care la un moment dat mor, totul dispare și gata, s-a terminat.* Chiar în acest proces de negare există trezire spirituală pentru că eu sunt tot timpul influențat, schimbat și transformat de ceea ce mi se întâmplă. Și atunci când mă revolt împotriva credinței sau a Divinității, și atunci sunt într-un proces de trezire spirituală. Este adevărat, eu ca mental nu reușesc să cuprind acest proces în toată esența lui, nu pot să-l cuantific în vreun fel și nu îl manifest în viața mea imediat. Dar la nivel subconștient se află depozitată întreaga cunoaștere a vieții mele și eu de acolo extrag informații constant.

Prima etapă a unei treziri spirituale este haosul generat de o anumită întâmplare extrem de dureroasă sau nefericită, când simt că înăuntrul meu se întâmplă ceva ce nu am mai trăit niciodată, care îmi provoacă o stare extrem de intensă, stare care nu dispare ușor.

Raluca: Este starea aceea că *moare ceva înăuntrul meu* și acel moment reprezintă începutul trezirii mele spirituale?

Ana: Da, este un exemplu bun că ceva s-a declanșat în interiorul tău, că a apărut acel moment de *aha*.

Raluca: Poate nu știu ce să fac, sunt extrem de depresiv, nu mă mai bucur de viața mea, nu mai găsesc sens în nimic și am auzit foarte des această expresie *viața mea nu mai are sens.* Chiar acesta să fie catalizatorul trezirii spirituale?

Ana: Da. După prima etapă- în care te simți accidentat de noua realitate și noua stare, practic o stare de haos interior și de dezordine menită să facă ordine și să așeze la loc tot ceea ce până atunci trebuia vindecat dar nu fusese conștientizat-urmează **etapa conștientizării.** Această etapă este una foarte dură, chiar mai dură decât prima.

Raluca: De ce?

Ana: Dacă în prima etapă mă confrunt cu durerea- ea este acolo, mă doare, mă frământ, cad, mă ridic- nu mă confrunt cu schimbarea. Schimbarea apare abia din etapa conștientizării. Schimbarea s-a produs dar eu nu conștientizez, sunt revoltat, încrâncenat. Atunci când sunt în prima etapă a procesului de trezire spirituală, foarte mulți oameni rămân doar aici, deci am putea spune că toată lumea are o șansă la trezire spirituală, dar nu toată lumea continuă procesul de trezire, în special din pricina obstacolelor care apar în etapa de ciocnire.

Raluca: La ce se referă această ciocnire? La vechiul tău sine și noua identitate, după trezirea spirituală? E o luptă de putere între cine erai până atunci și cine devii?

Ana: Este o luptă de putere dacă tu opui rezistență, dacă te agăți de vechea ta identitate. Dacă tu primești acest proces, cu toate durerile, schimbările și dificultățile lui, ego-ul se va topi treptat, și nu vei resimți trezirea spirituală în mod acut ca pe ceva negativ.

Dar dacă schimbările încep să apară iar tu ești preocupat să menții vechea ta stare, va fi o luptă continuă să menții ceva ce nu mai există. Tu nu mai ești același om, de dinaintea momentului trezirii spirituale și nu te mai poți întoarce la starea ta de atunci. Ceea ce s-a petrecut între timp

cu mintea și sufletul tău, te-a transformat în mod radical. De aceea, acum nu îți mai rămâne altceva de făcut decât să mergi mai departe cu transformarea. Deja tu ai trecut de prima etapă a trezirii spirituale, aceea a accidentului, așadar nivelul tău de conștiință a fost în mod radical. Dacă ai răbdarea și curajul să mergi mai departe, vei putea să pătrunzi în profunzime fiecare binecuvântare pe care ai primit-o în prima etapă, atunci când ți se părea că cel mai rău lucru este ceea ce se petrece cu tine. Etapa conștientizării îți clarifică toate de ce-urile primei etape și începe să lumineze asupra aspectelor ascunse, întunecate, care zăceau în subconștient înainte de stadiul accidentului.

Raluca: Sunt acele aspecte ascunse motivul pentru care se întâmplă trezirea spirituală?

Ana: De multe ori, da. Pentru că dacă nu confrunți durerea unei răni sau traume din trecut, nu știi că o ai acolo. Da, poate acea rană emoțională te împiedică de la multe lucruri benefice pentru tine, dar dacă nu doare, nu știi că o ai. Dacă nu știi că acolo este ceva de vindecat, nu poți începe vindecarea. Dacă nu începi vindecarea, consecințele sunt modificarea stării emoționale-din rău în mai rău-și relații disfuncționale pline de așteptări nesănătoase. Trezirea spirituală dintr-un anumit punct din viața mea este o necesitate căreia nu îi mai pot spune *nu*. Este ceva care deja s-a întâmplat în trăirea mea, iar eu aleg care este percepția mea asupra a ceea ce s-a întâmplat.

Raluca: Este orice eveniment traumatizant un moment pentru trezirea spirituală?

Ana: Da şi nu. Depinde cum simţi tu experienţa respectivă: dacă eşti lipsit de orgoliu şi smerit, momentul traumatizant va fi o sursă de înţelepciune. Dacă în schimb eşti în dispoziţia *nu mi se poate întâmpla mie* atunci va fi foarte greu să iei ceva bun de la ce ţi s-a întâmplat, dacă ai decis că totul e doar rău.

Orice lucru rău vine să aducă după sine un lucru bun. Foarte multe persoane nu mai au răbdare să meargă mai departe şi să vadă care e motivul pentru care ceva s-a întâmplat şi se opresc acolo, în starea de durere generată de lucrul rău care s-a întâmplat. Aleg să stea numai în povestea respectivă şi chiar să facă aşa cum se zice "din ţânţar armăsar", adică să continue pe acelaşi fir narativ şi să-şi scrie povestea într-un mod distructiv. Mulţi se opresc la prima etapă şi nu mai ajung la etapa de conştientizare.

Asta înseamnă că sunt nemulţumit cu viaţa mea, sunt într-o stare de durere profundă şi de negare permanentă: este nevoie de foarte puţină ură sau supărare ca să fie generată mai apoi o cantitate uriaşă de frustrare sau neputinţă. Sunt acele obiceiuri mici, de exemplu, deprinderea de a fi puţin răutăcios cu cineva ca mai apoi să te obişnuieşti să reacţionezi doar negativ la tot ceea ce se petrece cu tine.

Raluca: Dacă rămâi în această stare de revoltă, în prima etapă a procesului de trezire spirituală, nu mai ajungi la cea de-a doua etapă pe care o numim *conştientizare*?

Ana: Într-adevăr.

Raluca: Etapa de conştientizare înseamnă că eu încep să înţeleg cum sunt conectate evenimentele din viaţa mea şi cel mai important că am puterea să influenţez realitatea în care trăiesc?

Ana: Conştientizarea de foarte multe ori este băgată în categoria miracolelor atunci când încep să se petreacă în viaţa ta lucruri complet diferite faţă de ceea ce ţi-ai fi imaginat dar mai ales, într-un sens pozitiv care era imposibil de anticipat înainte. Este de remarcat că până la conştientizare eu nu relaţionez în vreun fel cu evenimentele care se întâmplă în viaţa mea, pur şi simplu lucrurile doar se întâmplă. Dar apoi, din etapa conştientizării lucrurile nu se întâmplă ca ceva extern, exterior mie, ci eu devin cel care decide în ce direcţie, cu ce cantitate de energie, ce perspectivă are asupra lor. Din orice moment îţi schimbi perspectiva asupra ta sau asupra oamenilor din viaţa ta, totul se schimbă în mod radical. Asta pentru că ceea ce tu emiţi la nivel subconştient este diferit, şi atunci şi reacţia celuilalt va fi alta. Până nu apare conştientizarea, totul este ca un puzzle pe care îl ai în cutie: în prima etapă a trezirii spirituale, primeşti cutia cu piesele de puzzle. Însă, abia din a doua etapă, ce ai primit în prima, o să aibă sens. Asta este tot etapa când realizezi că totul este interconectat și că tu eşti cel care face ca piesele de puzzle să formeze tabloul complet, tabloul vieţii tale.

Raluca: Practic alegi să conştientizezi nişte lucruri fără să le mai judeci, ci începi să înțelegi. Nu mai urăști, ci descoperi ce ai de integrat în tot acel moment. De fapt nu este nici o magie, ci, din tot ceea ce simţi şi gândeşti alegi să conştientizezi ceea ce ţi-a făcut rău, şi pricepi motivul pentru care ai trecut prin evenimentul respectiv. Conştientizarea este atunci când descopăr în ce moment am fost atât de vulnerabil dacă am pierdut contactul cu propriul suflet şi am lăsat programele mentale negative sa pătrundă de la emoţie la gândire până în punctul în care nu mai fac diferenţa între ce mă ajută şi ce îmi face rău.

Ana: Da, când eu mă opresc şi zic *Stai puţin mi se pare că toţi oamenii mă urăsc, oare toţi oamenii simt asta faţă de mine sau eu sunt cel care are o contribuţie mai mică sau mai mare la această situaţie?* sau *Viaţa mea e un calvar, am avut numai relaţii toxice.* Dacă nu ignor nimic din ceea ce mi se întâmplă, integrez totul în ceea ce devin. Un exemplu concret ar fi trecerea de la mentalitatea *toţi oamenii mă urăsc* la mentalitatea *Oare de ce mă urăsc aceşti oameni? Nu cumva este ceva ce mi se pare doar mie?* Oare pe acei parteneri i-a ales altcineva sau chiar eu am făcut fiecare alegere în parte?

Nu cumva eu sunt cel care îşi decide constant destinul prin toate alegerile, făcute pe baza criteriilor mele emoţionale şi mentale? Şi dacă eu aleg ceea ce mă răneşte mereu, oare nu tot eu pot să schimb asta? Să fac alte alegeri, care nu mă rănesc? Spre exemplu, în locul oamenilor toxici să aleg alte persoane, diferite de ceea ce am ales până acum?

Simpla întrebare pe care mi-o adresez: *Am şi eu o contribuţie la alegerea acestor parteneri toxici?* Şi conştientizarea că eu am făcut anumite alegeri, mă poate feri de viitoarele greşeli şi de potenţialele dezamăgiri.

Raluca: Această conştientizare, de care vorbeşti tu, poate fi una bruscă, adică să mă trezesc într-o dimineaţă într-o conştientizare deplină a vieţii mele? Sau vorbim mai degrabă de un proces care durează mai mulţi ani, în care eu am o bănuială despre ceea ce se întâmplă dar aleg să nu merg până la capăt, adică mă victimizez sau mă erijez în salvatorul celorlalţi?

Ana: Procesul de trezire spirituală poate să dureze mai mulţi ani sau toată viaţa, și evoluția lui are legătură cu puterea mea de a mă opri din ceea ce, în primul rând am fost învăţat de circumstanţele din viaţa mea că este normal, şi în al doilea rând produce pagube vizibile în starea mea de sănătate fizică şi emoţională. Adică, mă opresc din a mă victimiza sau erija în salvatorul celorlalţi. Abia în etapa conştientizării poţi vedea clar aceste lucruri şi te poţi uita la ele dintr-o poziţie suficient de relaxată încât să vrei să le şi schimbi.

Raluca: Poţi face un lucru anume pentru a grăbi procesul de evoluţie spirituală? Adică există ceva ce eu pot înfăptui ca să evoluez mai repede, spre exemplu, dacă îmi propun asta?

Ana: Nici un proces de trezire spirituală nu se întâmplă doar pentru că îţi propui tu. Eu pot să pornesc pe acest drum de descoperire a ceea ce sunt, de vindecare a mea ca emoţie şi trăire, dar nu am cum vreodată să grăbesc felul în care sufletul meu se vindecă, felul în care gândurile mele încep să fie redirecţionate de la rău către bine şi asta pentru că procesul în sine comportă nişte elemente care sunt esenţiale pentru mine.

Raluca: Şi care sunt aceste elemente?

Ana: Pe scurt, aş spune că asta înseamnă: răbdare, acceptare şi iubire. Aceste trei elemente sunt influenţate de atitudinea mea, pentru că eu am nevoie să le cultiv în rutina mea zilnică, adică dacă mă surprind că bârfesc pe cineva, că sunt ironic sau critic, trebuie să mă las cumva observat chiar de către mine însumi şi să zic *de ce simt nevoia să fiu răutăcios acum?*

De obicei, simţim nevoia să facem rău pentru că suntem răniţi, pentru că ne doare ceva şi pentru că avem nevoie de atenţie şi afecţiune. Un om care este rău cu cineva încearcă să-i atragă atenţia, să semnaleze că trece printr-un episod de vulnerabilitate şi criză emoţională. Este strigătul lui după ajutor, pe care îl formulează drept o critică virulentă, în spatele căreia se ascunde toată frustrarea şi neputinţa pe care nu ştie să le exprime altfel.

Raluca: Mi-ai povestit despre ce primeşti în etapa de conştientizare: iubire, acceptare şi răbdare. Acum aş vrea să te întreb, ce dispare din viaţa noastră în etapa de conştientizare? Sau mai bine zis, de ce anume scăpăm?

Ana: Etapa de conştientizare vine la pachet cu multe obiceiuri, programe mentale şi persoane care dispar din viaţa ta. Asta înseamnă că mulţi dintre prietenii cei mai buni se pot transforma în oameni cu care nu mai ai nimic în comun, simţi că nu mai aveţi nimic să vă spuneţi. De ce simt asta? Pentru că eu conştientizez nişte aspecte diferite, încep să văd prin prisma a ceea ce eu sunt acum. Obiceiurile mele, la fel, ajung să fie complet altele şi rutina mea de zi cu zi, se schimbă. Tot haosul care mi-a deschis până la urmă drumul către procesul de trezire spirituală este pus în ordine și disciplinat de etapa conștientizării.

Raluca: Cum se întâmplă asta?

Ana: Eu iau toată acea intensitate și profunzime a etapei de negare și o suprapun peste înțelegerea mea profundă, dar în deplină armonie cu ceea ce sunt acum. Încep să mă folosesc de intensitatea primei etape a procesului de trezire spirituală de care am nevoie ca să pornesc pe acest drum. În etapa aceasta de conștientizare încep să înțeleg exact ce anume îmi face bine, ce anume îmi face rău, identific exact relațiile și comportamentele toxice din viața mea pe care le manifest și le întrețin în mod curent.

Raluca: Care este următoarea etapă din procesul de trezire spirituală?

Ana: Cea de-a treia etapă este *înțelegerea*. Am numit această etapă *înțelegerea* pentru că atunci când înțeleg ceva pot sa fiu obiectiv, nu mai sunt egoist și nu mai pot să mă victimizez pentru că nu înțeleg. În momentul în care empatizez cu acțiunile unui om îl pot ierta, dar până nu înțeleg cât de importantă este iertarea, nu am cum să merg înainte. Atunci când mă înțeleg pot să mă accept și pot să mă împac cu tot ceea ce nu îmi convine la mine, tot ce ce mă doare. Din acea acceptare eu pornesc practic procesul de vindecare: înțelegerea profundă a tot ceea ce eu sunt acum se numește *trezire spirituală*. Dacă în prima etapă am negat că am nevoie de ajutor, în cea de-a doua etapă a conștientizării am priceput de ce am nevoie de acest ajutor, iar acum în cea de-a treia etapă îmi permit și pot să primesc ajutor în înțelegerea mea și a celorlalți.

Înțelegerea emoțiilor mele se petrece în cea de-a treia etapă a procesului de trezire spirituală și se referă la o lipsă a supărării, revoltei, urii și indiferenței pentru că dacă înțeleg ceva în profunzime nu mai pot să-l judec, oricât de rău este acel lucru. Pricep exact mecanismele prin care se întâmplă ceea ce se întâmplă, am o nouă viziune asupra motivelor pentru care cineva face ceva anume. Înțelegerea mea, ca ființă umană în cadrul acestui proces de trezire spirituală, este înțelegerea a tot ceea ce există în jurul meu și în viața mea, pentru că eu tot timpul compar experiența mea interioară și o suprapun peste experiența celorlalți. Dacă ajung să înțeleg cât de mult îl rănește sau afectează pe un om comportamentul meu, mă opresc din a-i face rău.

Pot să cuprind cu mintea și sufletul emoțiile celorlalți atunci când intru în contact cu ei și spun *da, înțeleg că tu suferi, pentru că și eu am suferit și știu cum doare. Înțeleg că te bucuri pentru că și eu știu cum se simte bucuria pe pielea mea* . În schimb, ceea ce nu trăiesc nu am cum să înțeleg: pot să-mi imaginez, pot să raportez la ceea ce cred eu că ar fi într-un anumit fel, dar ce nu este experiența mea, pentru mine nu există.

Raluca: Cum se realizează această etapă în raport cu celelalte două?

Ana: Cea de-a treia etapă a înțelegerii vine să mai pună o cărămidă la baza temeliei mele în cadrul acestui proces de trezire spirituală, în sensul în care eu sunt foarte animat de toată această energie intensă a primei etape. Energia intensă de negare, neacceptare și revoltă a fost transformată și cristalizată în cadrul procesului de conștientizare: acum pot să modelez această flacără și pot face ceva benefic cu ea. În cadrul acestui proces de înțelegere viața mea se modifică, relațiile mele sunt transformate, felul în care alți oameni mă percep este total diferit.

Raluca: Ce se întâmplă mai exact în cadrul acestei etape?

Ana: Încep să am încredere în mine, îmi formez niște puncte de referință stabile în viața mea și nu mai sunt atât de vulnerabil atunci când cineva este rău cu mine, sau dau peste un om toxic. Înainte de etapa înțelegerii mă las purtat de circumstanțe fără să pot interveni în vreun fel. Sunt foarte mulți oameni care trăiesc această viață nu ca pe un dar, ci ca pe o condamnare la ceea ce alți oameni decid că ar fi bine pentru ei să facă. Și cel mai grav este că li se pare normal să trăiască în această durere pentru că nu știu cum e să fii altfel, cum este să fii liber, dar libertatea este o stare pe care tu o trăiești din interior și care apoi se manifestă și în exterior. Cum poți să știi ce e libertatea dacă nu ai trăit vreodată așa?

Raluca: După etapa înțelegerii în cadrul procesului de trezire spirituală mai urmează ceva? Sau se oprește aici?

Ana: Cea de a patra etapă este manifestarea. După ce am trecut printr-un eveniment traumatizant, o suferință, o despărțire, am luat acel eveniment, l-am conștientizat și integrat în experiența mea. În următoarea etapă încep să mă folosesc de noua modalitate de a gândi și de a simți. Am conștientizat care este problema apoi pricep care este oportunitatea mea din problemă? Înţeleg care sunt consecinţele faptelor mele, înţeleg de unde porneşte durerea din viaţa mea, cine sunt cei din jurul meu ? Cine sunt aceşti oameni cu adevărat pentru mine, cum mă fac aceşti oameni pe mine să mă simt?

Apoi, în etapa de manifestare încep să ies din bula confortabilă a durerii şi să trăiesc o viaţă în acceptare cu mine însumi/însămi, o viaţă care nu mai este despre ceilalţi şi despre încercarea mea eşuată de a demonstra ceva cuiva. Este o viaţă în care eu manifest ceea ce îmi doresc pentru mine şi cel mai important ceea ce îmi face bine. În cadrul acestei etape se elimină această apetenţă pentru rău, abuz şi durere.

Raluca: Tot ceea ce înseamnă durere şi trece prin conştientizare începe să fie vindecat, dar foarte important această vindecare nu se întâmplă în totalitate în etapa de conştientizare. Această etapă, a manifestării, îmi oferă noi repere şi dovezi foarte clare că munca mea nu e în zadar, că la un moment există o materializare clară în spaţiul fizic, în realitatea mea imediată, a ceea ce eu am reușit să vindec sau să rezolv în plan emoţional şi spiritual. Noi ca fiinţe umane avem nevoie de recompense, avem nevoie la un moment dat să ştim că suntem pe drumul cel bun. Dar ştii, Ana, uneori, mulţi oameni abandonează acest proces de trezire spirituală pentru că se trezesc într-un haos emoţional şi într-o durere cumplită şi gândesc cum nu ar trebui *Ştii ceva? treaba asta, dacă ar fi ceva bun, nu ar mai fi atât de dureroasă.*

Ana: Atunci când spui asta, pur şi simplu nu ai parcurs tot drumul şi degeaba ai plecat în expediţie, ai la tine bocancii cei buni, harta, lanterna şi busola dacă nu îţi continui drumul către vârf. Problema este doar că nu ai răbdare să treci de etapa în care te afli, pentru că acea durere este doar temporară şi mai mult de atât, reprezintă chiar elementul vindecării tale ulterioare. Dar dacă te grăbeşti să ajungi la o concluzie fără să fi traversat toate etapele procesului de trezire spirituală, ţi se pare că nu ai făcut nimic bun şi vrei să renunţi înainte de a te putea bucura de rezultatele extrem de satisfăcătoare, de altfel.

Raluca: Există proces de trezire spirituală eşuat? Adică *să îți dea eroare*?

Ana: Nu, nu există proces de trezire spirituală eșuat. Este o victorie de fiecare dată. Este poate printre puținele lucruri din viața noastră, la care noi în calitate de ființe umane avem acces, unde victoria este garantată sută la sută. Ceea ce nu este garantat în schimb ține de puterea mea de a urma în totalitate întregul proces, până la capăt. Da, orice proces de trezire spirituală este o reușită, dar nu, nu toți oamenii sunt dispuși să parcurgă procesul până la capăt. De multe ori se opresc în punctele cheie ale trezirii lor, însă acolo unde este cea mai mare suferință apare și revelația care deschide drumul către următoarea etapă a procesului de trezire spirituală.

Raluca: Să revenim la ceea ce spuneai mai devreme, despre etapa manifestării. Aici eu practic culeg roadele muncii mele îndelungate, încep să mă bucur de ceea ce am trudit, da?

Ana: Da, această etapă a manifestării îmi arată prin niște lucruri valide, palpabile care se întâmplă și pe care le văd cu ochii mei, că sunt pe drumul cel bun, în cadrul acestui proces de trezire spirituală, există dovezi că el se întâmplă. Etapa manifestării este aceea în care tot ceea ce eu am vindecat și am adus la suprafață începe să se vadă în viața mea și se întâmplă. Mai exact, încep să manifest lucruri care nu mai sunt trauma mea, nu mai sunt rana mea. Aici e frumusețea unui proces de trezire spirituală, că nu mai manifest durerea, trauma, răul din ceea ce alți oameni au adus în viața mea, sau din ceea ce eu singur am generat negativ.

Începi să manifești lucruri care îți aduc bucurie, începi să întâlnești oameni care sunt într-o stare de bucurie și care sunt sănătoși mental și emoțional. Oameni cu care poți să construiești ceva. Începi să te identifici pe tine în toate situațiile în care ai tendința să te autosabotezi și nu o mai faci pentru că iei această decizie în mod deliberat să ai o viață bună.

Primești o busolă a devenirii și a eforturilor tale și poți cumva să pui pe hârtie *OK, uite în cadrul acestui proces de trezire spirituală, mi s-a întâmplat asta.*

Raluca: Este acest proces lesne de înțeles pentru cei din jurul tău, sau etapa asta pare de-a dreptul uimitoare pentru oricine altcineva din afara ta?

Ana: Da, sunt niște manifestări pe care nimeni nu le poate nega, dar pe care nimeni nu le poate înțelege, în afară de mine. Sunt acele mici victorii interioare, care se petrec doar în sufletul și mintea mea, la care nimeni nu are acces. În primele etape apar schimbări pe care nu le văd, nu sunt palpabile, însă în etapa manifestării lucrurile încep să se așeze într-o direcție clară pentru mine. Tot ce am cules în primele etape, acum ajunge să se întâmple în viața mea.

Oamenii dificili, egoiști și narcisiști: care este rolul lor în viața noastră?

Raluca: Se întâmplă câteodată să ne intersectăm în viața noastră cu oameni pe care îi iubim enorm, de care ne atașăm mai repede sau mai mult decât ne-am dori. Este o intensitate a emoției pe care nu o putem compara cu nicio altă relație sau conjunctură, iar rănile provocate de acea întâlnire par că nu se vor vindeca niciodată. După ce se termină întâlnirea respectivă stai să te întrebi de ce s-a întâmplat asta? De ce a apărut omul ăsta în viața mea? Care este motivul pentru care mi-a provocat atât de multă suferință iar eu am acceptat și nu doar că am acceptat, dar atunci când abuzul s-a încheiat, eu am fost cel care a suferit cel mai mult? Când într-o relație este și bine și rău, cumva reușești să vezi și partea bună, pentru că există și ai la ce să te uiți. Dar atunci când nu există nicio parte bună, când un om a venit în viața ta și doar a produs pagube, durere continuă, trădare permanentă, fără să te fi iubit sau ajutat, rămâi blocat în acea emoție și nu pricepi ce anume te-a lovit. Cine sunt acești oameni și de ce apar în viața noastră?

Ana: Ceea ce tocmai ai descris se încadrează perfect la tipologia „oamenii instrument de purificare". **Oamenii care sunt instrumente de purificare în viața noastră** sunt acele persoane fără de care nu am fi astăzi aici, fără de care nu am fi cine suntem. Aceste întâlniri cu persoanele *instrument de purificare* trebuie băgate într-un context mai larg, în care ele într-adevăr au sens și anume depășirea pragurilor spirituale.

Raluca: Ce este un prag spiritual?

Ana: Un prag spiritual poate fi asemănat cu un examen de avansare către următorul ciclu de studii. Pragul spiritual se referă la accesarea nu doar a unui nou nivel de înțelegere a lumii, ci și la accesarea unei noi vieți.

Viața ta, după ce treci de un anumit prag spiritual, este o viață nouă, complet schimbată. Tot ceea ce ți-a lipsit, tot ceea ce nu ai conștientizat că ai până la depășirea unui anumit prag spiritual, devine un motiv de bucurie, creștere și de împlinire. Următorul nivel, tot ce se întâmplă înainte și după depășirea pragului spiritual are în centru o criză, un eveniment pe care mintea mea îl vede drept traumatizant sau negativ.

De ce se întâmplă asta? Toate aceste persoane manipulatoare, egoiste, uneori chiar narcisiste, vin să mă treacă la următorul nivel și să mă ajute să trec de acest prag spiritual. Cu toate acestea, sunt și persoane care rămân blocate într-un prag spiritual după o întâlnire traumatizantă cu un narcisist, de exemplu.

Raluca: Ce înseamnă să rămâi blocat într-un prag spiritual?

Ana: Nu mai pot să se întoarcă nici înapoi de unde au plecat până să aibă conştientizarea dar nu mai pot să meargă nici înainte. Foarte important de înţeles, toţi aceşti oameni manipulatori sau narcisişti, care vin să mă treacă de acest prag spiritual, dau la o parte tot ce nu sunt în stare eu să rezolv.

Raluca: Tot ce am fost învăţat chiar de către propria persoană sau de alţi oameni că reprezintă limitare?

Ana: Da. În această viaţă am doar două variante: prima ar fi să mă port cu mine ca şi când sunt victima eternă, un om care nu are putere asupra vieţii lui, care depinde de ceea ce alţii decid pentru el. Să mă las distrus de nedreptatea, chinurile şi mizeria pe care alţii o aduc asupra lui. Cea de-a doua variantă ar fi să mă tratez ca pe cineva care este onorat să aibă parte de viaţa lui şi care are de gând să profite de această onoare având grijă de corpul, alegerile, emoţiile lui. Să fac din viaţa mea, indiferent ce s-ar întâmpla, un motiv de sărbătoare. În funcţie de identitatea pe care ne-o asumăm trecem sau nu pragurile spirituale.

Raluca: Se consideră proces de vindecare trecerea de la identitatea de victimă la identitatea de sine complet, întreg, în armonie cu tot ce e în viaţa lui?

Ana: Atunci când eu cred că sunt ceea ce mi s-a întâmplat, că eu sunt respingerea celuilalt, accidentul pe care l-am suferit, ca să trec de etapa asta, am nevoie de ajutor. Acest ajutor vine din partea omului *instrument de purificare*. Practic, sunt trecut pragul spiritual de către această persoană, care îmi provoacă o suferinţă enormă, de multe ori inimaginabilă. El vine şi spune *Stai puţin, pragul ăsta e prea înalt pentru tine.* Eu mă întreb *De ce e prea înalt?* Păi, e prea înalt pentru că tu acum eşti într-o condiţionare profundă, ai anumite limitări şi anumite direcţii pe care le vei rata, fără suferinţa care urmează să îţi apese toate butoanele.

Ce nu ştii că te doare forează în adâncul fiinţei tale până durerea ajunge să fie exprimată de oamenii cu care intri în contact, fără ca tu să fi greşit în vreun fel faţă de ei. O suferinţă adâncă, purtată în tăcere de un om, ajunge să se reflecte în comportamentul celorlalţi faţă de el, pentru că acea frecvenţă vibraţională a durerii este percepută de cineva, care o va manifesta prin comportamentul său.

Raluca: Ca să înţeleg mai bine, să zicem că eu, omul instrument de purificare, prin ceea ce o să-ţi fac îţi voi arăta de ce eşti în stare, adică eu voi fi cel care o să-ţi pună la îndemână instrumentele tale de vindecare. Cum o să reuşesc asta? Am să te rănesc foarte tare.

Ana: Da, şi eu spun *Stai aşa asta nu pare a fi o învoială convenabilă pentru mine.* Dar, tu nu poţi să treci dincolo de prag fără acest rău pe care eu îl fac, dar care este cel mai mare bine pentru persoana în cauză, în esenţă. Eu pot afirma răspicat, când întâlnesc un om instrument de purificare, *Ştii ceva m-am gândit la propunerea ta, nu vreau să mă treci pragul ăsta vreau să fii bun cu mine, vreau să primesc de la tine, nu vreau să-mi iei.* Întotdeauna însă, un instrument de purificare spune *Îmi pare rău dar eu doar atât pot să fac, asta este misiunea mea în viața ta: să-ți ofer o posibilitate de a ajunge acolo unde nu te-a mai dus nimeni până acum. O să fac asta rănindu-te în asemenea fel încât tu va trebui să găsești o cale de supraviețuire, pentru că ceea ce o să fac eu o să fie foarte dureros, poate să fie experiența cea mai dureroasă din viața ta.* Când mă ia în brațe omul instrument de purificare și mă trece acest prag ca să mă ducă la următorul nivel, eu nu vreau să știu ce mi se întâmplă, ce se petrece cu mine.

Raluca: Luatul în brațe sună foarte frumos, din ce spui tu, cred că se simte mai mult drept o bătaie bună...

Ana: Păi da, tu nu te simți luat în brațe, tu te simți chinuit. În plan spiritual, omul acela te vindecă și eliberează, este salvatorul tău. Dar această salvare din planul spiritual se petrece cu foarte multă suferință în planul fizic, prin felul în care acest om te tratează.

Raluca: Eu sunt de acord, dar durerea din momentul ăla, este ucigătoare. Adică uite, eu de-a lungul vieții mele, pentru că am cântat la festivaluri, evenimente, emisiuni, am ieșit mereu cumva, în față. Nu era vorba că mă dădeam mare, dar erau momente când colegii vedeau fie că am apărut la o emisiune, fie că am compus o piesă, sau am câștigat un premiu. În multe momente, după asemenea întâmplări, prieteni apropiați nu au mai vorbit cu mine. Adică, tu mergi la școală, dimineața, și prietena ta cea mai bună, nu mai vorbește cu tine. Prietena pe care ai consiliat-o, susținut-o, ajutat-o cu tot ce ai putut tu, mereu. Și eu te cred că da, acea suferință te formează și te educă, dar cum să văd eu binele ăsta profund când pe mine mă macină durerea asta, superficială poate într-un context mai larg, dar pentru mine foarte adâncă?

Ana: Este vorba de priorităţile tale, Raluca.

Raluca: De priorităţile mele sau ale celeilalte persoane?

Ana: Ale tale. Mereu e vorba doar despre noi în raport cu ceilalţi, şi abia apoi este vorba şi despre ei.

Raluca: Asta e o idee pe care chiar vreau să o aud explicată pe larg.

Ana: Da. Care este prioritatea ta în relaţia cu ceilalţi?

Raluca: Să fiu înţeleasă şi iubită pentru ceea ce sunt eu, nu pentru alte aspecte. Şi la fel de important pentru mine, pe acelaşi loc, este ca ceilalţi să se simtă iubiţi şi înţeleşi de către mine. Dar dacă aş rezuma, e vorba de înţelegere şi iubire.

Ana: Bun. Este frumos şi relevant ce spui tu, dar nu aplicabil mereu. Prioritatea ta în toate relaţiile trebuie să fie ceea ce tu poţi oferi şi ce eşti dispusă să primeşti. Fiecare om are limite emoţionale diferite, dacă iei reper ce simt şi cred alţii despre relaţia voastră, vei fi mereu confuză. Trebuie să ştii cât şi ce eşti capabilă să dai tu în relaţie-câtă implicare emoţională, cât timp eşti disponibilă, câte resurse de orice tip vrei să aloci pentru această relaţie? Apoi, verifici aşteptările tale. Se prea poate ca tu să fi avut aşteptarea să fii iubită şi înţeleasă de prietena ta cea mai bună, aşa cum ai făcut şi tu cu ea.

Raluca: Şi nu e firesc aşa?

Ana: Ar fi ideal, dar nu putem spune că este regula. Ce ai oferit tu a fost din ce ai tu în sufletul şi mintea ta. Ce oferă ea, este altceva. Dacă ea nu are de oferit afecţiune, cum să te aştepţi să primeşti asta? De unde să facă rost de ceva ce nu îi aparţine?

Raluca: Eu înţeleg că nu poate oferi ce am eu de dat şi accept asta. Dar măcar mă aşteptam să nu fie distantă şi să rupă complet relaţia cu mine. Este o aşteptare exagerată?

Ana: Nu este exagerată, dar este o aşteptare care plasează fericirea ta în braţele altui om.

Din momentul în care ai orice aşteptare de la oricine, eşti supus dezamăgirii care va veni la un moment dat, fără ca tu să poţi face nimic, în ciuda tuturor eforturilor tale.

Raluca: Păi şi dacă nu facem altceva decât să ne dezamăgim reciproc, de ce mai intrăm în relaţii?

Ana: Pentru că acea dezamăgire nu vine doar cu suferinţă. Vine şi cu celelalte lucruri bune care s-au întâmplat până la dezamăgire, vine şi cu toate lecţiile pe care le vei învăţa din pricina dezamăgirii, şi cel mai important, sufletul tău de asta s-a îmbarcat în această călătorie terestră.

Raluca: Să fie dezamăgit?

Ana: Dezamăgirea este inevitabilă atunci când ai aşteptări. Nu poate să fie niciodată bine dacă tu ai în minte un set standard de comportamente pe care un om trebuie să le satisfacă pentru a te putea mulţumi.

Raluca: Eu sunt de acord cu asta, dar nu avem cum să trăim fără nicio aşteptare.

Ana: Nu, nu avem cum să trăim fără nicio aşteptare dar ştii cum poţi schimba regula jocului, dacă pot spune aşa?

Raluca: Cum?

Ana: Păi, poți să ai așteptări de la tine, nu de la ceilalți. Să fii tu și să faci tu exact ce te-ai aștepta alți oameni să fie și să facă, în relația cu tine.

Raluca: Dar și așa, tot nu voi fi dezamăgită? Dacă eu ofer tot și nu primesc nimic în schimb?

Ana: Vei trăi cu bucuria că ai putut să oferi, și nu cu dezamăgirea că nu ai primit ceea ce ai oferit. Și de asemenea, vei avea niște limite emoționale sănătoase. Cele mai mari dezamăgiri le trăim din pricina lipsei limitelor emoționale, pe care apoi o punem pe umerii celorlalți și ne plângem că suntem ignorați sau dați la o parte, când de fapt noi nu am reușit să stabilim la timp un traseu pe care ei îl pot urma pentru o bună relaționare cu noi.

Raluca: O să am eu limite emoționale sănătoase dacă am așteptări doar de la mine însămi?

Ana: Bineînțeles, pentru că acele așteptări pe care le vei avea de la tine te vor ajuta să navighezi corect relația cu ceilalți. Adică tu nu vei mai fi vulnerabilă în fața dezamăgirii așteptărilor neîmplinite, ci vei fi perfect obiectivă în evaluarea satisfacerii nevoilor tale emoționale în relația respectivă.

Raluca: Poți te rog să îmi explici cum se aplică această teorie în exemplul dat de mine?

Ana: Da. De exemplu, în relația cu prietena ta cea mai bună, tu ai făcut tot ce ai putut, așa cum ai putut. Asta este suficient și minunat. Totuși, dacă te aștepți să primești același tratament din partea ei, te supui singură dezamăgirii și îți iei ție însăți șansa de a te bucura de ce ai făcut pentru ea. Faptul că sufletul tău a putut ajuta și salva un alt suflet, este salvator pentru tine în primul rând. Așadar, tu poţi trăi împăcată cu ceea ce ai făcut. Ai aşteptări să îi tratezi pe ceilalţi aşa cum ţi-ai dori tu să fii tratată? Minunat. Ai aceste aşteptări de la tine, deci ţi le poţi satisface tu singură, nu te bazezi pe nimeni să facă asta. Ai luat focusul de pe ce a făcut prietena ta greşit şi l-ai pus pe ce poţi face tu bine, şi atunci puterea e la tine.

În acelaşi timp, pentru că nu mai ai aşteptări de la altă persoană, poţi evalua obiectiv comportamentul ei: este aceasta potrivită să rămână în viaţa ta? Lipsa aşteptărilor de la un om nu înseamnă că tu nu ai nişte standarde, că nu ştii cum ţi-ai dori să fii tratat. Tu ai limite emoţionale, repere clare peste ce nu poţi trece, dar nu te mai răneşte comportamentul diferit al celuilalt atunci când nu îţi oferă ce ai avea tu nevoie ca emoţie, stare, trăire.

Raluca: Şi atunci când observ, obiectiv, că celălalt nu poate să rămână lângă mine?

Ana: În acel moment ai o alegere de făcut. Faci un compromis, şi o păstrezi în viaţa ta, o accepţi exact aşa cum este, sau din contră, te îndepărtezi de persoana respectivă şi opreşti relaţia. Dar este cumplit să fii în relaţie şi să te porţi de parcă nu eşti acolo, să fii furioasă şi frustrată că celălalt nu îţi îndeplineşte aşteptările, şi să îl pedepseşti.

Raluca: Deci aşteptările sunt acele lucruri pe care eu le am de vindecat la mine şi atunci persoana iubită declanşează exact acele răni emoţionale?

Ana: Bine punctat. Ce este o aşteptare pe care o ai de la cineva, hai să o luăm la puricat. La ce se referă ea? De ce e acolo? De ce te aştepţi tu că prietena ta cea mai bună să te ajute?

Raluca: Pentru că eu ţin la ea şi am ajutat-o mereu şi cred că avem o relaţie de suflet?

Ana: Bine zis. Asta e convingerea ta limitativă, care a generat aşteptarea.

Raluca: Convingerea fiind că *trebuie să fii bun cu mine pentru că şi eu am fost cu tine*?

Ana: Da. Dar asta nu e tot. Te doare dezamăgirea neîmplinirii aşteptării tale pentru că pe undeva, simţi că ai nevoie de bunătatea ei, că depinzi de ea. Poate fi o rană emoţională, cândva, te-ai simţit trădată, abandonată, poate de o altă prietenă care la rândul ei ea a trăit această trădare emoţională şi a ajuns să o practice drept automatism în relaţia cu ceilalţi. Rana ta-*am fost părăsită de cea mai bună prietenă*-cuplată cu acea convingere limitativă-*îmi vei oferi prietenia ta pentru că eu ţi-am oferit-o sincer pe a mea*-duce la durerea aşteptării tale neîmplinite.

Raluca: Deci, ne doare tot rana emoţională precedentă pe care o experimentăm în timp real atunci când avem o aşteptare de la cineva?

Ana: Da. Te doare acolo unde este deja energie acumulată. Unde nu ai depus atenţia, efortul şi grija ta, tu nu exişti, prin urmare nu doare.

Raluca: De aceea sunt oameni ai căror cel mai mic gest înseamnă enorm pentru tine şi oameni care nu te rănesc nici pe sfertul celor dinaintea lor, atunci când îţi fac un rău?

Ana: Da. Te doare în funcţie de cât de multă energie ai trimis în direcţia respectivă.

Raluca: Deci practic ne luptăm cu așteptările noastre proiectate asupra celorlalți care nu au nicio putere să schimbe ceea ce noi ne dorim să primim de la ei?

Ana: Întotdeauna, așa cum spuneam mai devreme, e vorba de prioritățile pe care ți le-ai stabilit. Dacă relațiile tale sunt pline de condiționări și de așteptări-*sper să primesc exact ce ofer, în schimbul a ceea ce ofer*-atunci nimic nu va fi suficient pentru tine.

Raluca: Deci, ca să scap de așteptări trebuie să rezolv mai întâi rănile emoționale și apoi să văd ce nu îmi ofer eu mie însămi, de aștept de la altcineva să îmi dea, ca să fiu fericită?

Ana: Exact, foarte bine ai remarcat că, da, așteptăm întotdeauna de la alți oameni ceea ce noi nu primim de la noi înșine. Dacă eu spre exemplu, mi-am oferit mie, motive de bucurie, am o relație autentică și deschisă cu sufletul meu, nu voi mai simți nevoia să primesc asta de la nimeni altcineva, dar dacă în schimb eu nu primesc de la mine aprobare, sprijin, validare, întotdeauna va exista un atașament față de o altă persoană care îmi poate oferi aceste lucruri.

Raluca: Crezi că putem să trăim într-o relație cu zero așteptări?

Ana: Nu cred că poți să nu ai nicio așteptare, sau poate cineva care a ajuns la un nivel extrem de avansat de iluminare spirituală reușește să se ridice complet dincolo de ego și să aibă zero așteptări. Dar ceea ce cred eu este că le poți ține în frâu. Că poți să lucrezi cu ține însuți/însăți până în punctul în care aceste așteptări nu te înghit complet.

Raluca: Sunt relații în care au dispărut sentimentele și au rămas doar așteptările...

Ana: Da. Asta este chiar o realitate dramatică a zilelor noastre. Întâlnim relații în care există doar așteptarea ca cineva să se poarte într-un anume fel sau să ofere anumite avantaje, fără ca relația să aibă în spate și o conexiune la nivel de suflet, dincolo de așteptări.

Raluca: Sunt așteptările apanajul ego-ului nevalidat?

Ana: Da, și asta, dar ele își au mai ales rădăcina în rănile nevindecate. Unde e rană, nu există dialog cu sufletul celuilalt. Practic, mintea ta încărcată de mesajul ego-ului creează în relația ta un vid, care este mereu umplut cu așteptările neîndeplinite, pe care fiecare le cară în spate. Și dintr-un anumit moment nu se mai face un schimb de energie și emoție între tine și celălalt, ci există dialog doar între ego-ul tău rănit și rănile emoționale ale celuilalt.

Raluca: Ca să existe vindecare în relație trebuie să se petreacă mai întâi la nivel interior în sufletul fiecăruia, și așa dispar și așteptările care ne rețin de la o viață autentică.

Ana: Da. Așteptările chiar te împiedică să te bucuri în primul rând de ceea ce ai deja. Omul acela, de la care tu mereu aștepți să primești o cantitate specifică de atenție sau ajutor, dacă îți oferă ceva bun, dar sub orice altă formă decât cea anticipată de tine, nu ai timp să o mai observi, pentru că așteptările tale cresc permanent și cauți un nou motiv de care să te agăți și pentru care să fii nemulțumit.

Raluca: Este această nemulțumire a sufletului?

Ana: De obicei, nemulțumirea este a minții, iar durerea a sufletului. Mintea observă și analizează ceva, sufletul simte și trăiește ceea ce mintea doar observă.

Raluca: Adică eu pot să fiu nemulțumit de o situație cu mintea, dar o să mă doară cu sufletul neîndeplinirea anumitor așteptări.

Ana: Și tot de acolo ai și rezolvarea. De unde te doare, vine și vindecarea. Durerea îți arată care e slăbiciunea, slăbiciunea îți arată unde e vulnerabilitatea. Vindeci vulnerabilitatea, dispare și așteptarea.

Raluca: Știi ce m-am întrebat mereu? Dacă să te aștepți să primești iubire de la un om pe care îl iubești este o așteptare?

Ana: Păi stai. Să primești iubire de la un om pe care îl iubești și care te iubește, nu este o așteptare, ci un fapt natural, o consecință a iubirii care se întâmplă între voi. Dar, să te aștepți să primești iubire de la un om pe care îl iubești dar care nu te iubește, este o așteptare distrugătoare, profund nerealistă dar des întâlnită. Pentru că nu există ceva ce ai de primit, acolo nu e niciun schimb de energie, e alegerea ta să trimiți emoție în acea direcție și faptul că te aștepți să primești ceva în schimb, este o așteptare care nu poate fi împlinită.

Raluca: În foarte multe situații din viața noastră, când ne dăm seama că oamenii profită de noi, după ce privim în retrospectivă lucrurile, cu mintea de acum, înțelegem că de fapt ne-au ajutat să ne detașăm de niște așteptări nerealiste, care în timp ne-ar fi distrus toate relațiile.

Ana: Da. Și cea mai profundă detașare de așteptările nerealiste are loc atunci când depășești un anume prag spiritual. Acela este un moment extrem de profund și semnificativ pentru viața ta, și reprezintă accesarea unor stări, emoții și trăiri care nu au fost niciodată aduse la suprafață şi care îţi generează practic o nouă identitate emoţională. Aceste stări se traduc printr-o adaptare a tuturor simţurilor tale la neprevăzut şi prin urmare capacitatea ta de înţelegere, flexibilitatea ta emoţională, felul în care interacţionezi cu tot ce se întâmplă, ajung să fie revoluţionate.

Raluca: Ştii ce am observat? Pe lângă tot ce ai spus tu, din punctul meu de vedere, cel mai important lucru care ţi se întâmplă este să te scape de frică. O să te scape de frică pentru că situaţia complet şocantă sau umilitoare în care eşti pus îţi va arăta că poţi să depăşeşti mult mai mult decât crezi, îţi va arăta că tu eşti în stare să faci mult mai mult decât ceea ce credeai.

Ana: Frica de obicei dispare după ce te-ai confruntat cu ea, după ce ai nişte experienţe în care funcţionează drept catalizator al unor evenimente negative, care într-adevăr ajung să îţi schimbe viaţa. Atunci când vorbim de prag spiritual vorbim şi de situaţii limită. Pragurile spirituale sunt cel mai înalt nivel de conştientizare pe care îl putem atinge în această viaţă şi ele se întâmplă pe parcursul vieţii noastre.

Raluca: Putem avea o perioadă în care ne confruntăm cu depășirea mai multor praguri spirituale în același timp?

Ana: Da, putem să avem un prag spiritual la vârste extrem de fragede și următorul să fie la bătrânețe sau putem avea într-o perioadă de unul sau doi ani, în perioada adultă, o multitudine de praguri spirituale, menite să livreze o serie de lecții extrem de prețioase și necesare. Depășirea unui prag spiritual, antrenează depășirea altor praguri spirituale.

Raluca: Deci nu există un grafic după care aceste praguri spirituale se produc în viața mea?

Ana: Nu.

Raluca: Eu în schimb sunt cel care generează capacitatea mea nu doar de a trece peste prag, dar generează pragul în sine?

Ana: Da, eu în această viață mă autodepășesc permanent.

Raluca: Ce înseamnă asta?

Ana: Înseamnă că o persoană merge într-o direcție ascendentă de maturizare emoțională și de înțelepciune.

Raluca: Dar nu se poate întâmpla și invers?

Ana: Ba da, direcția poate fi și descendentă. Sunt oameni mult mai maturi în copilărie decât în perioada adultă, pentru că la maturitate ajung să fie sclavii unor programe mentale negative, unor condiționări care nu au nicio legătură cu ei și se în loc să se *înțelepțească* devin mai rigizi, neștiutori și pierd contactul cu realitatea și cu propria lor viață. Pragurile spirituale sunt într-adevăr un instrument foarte puternic de creștere pentru mine care mă eliberează de tot ceea ce mă ține în loc, de tot ceea ce mă doare și de tot ceea ce nu înțeleg în acest moment.

Raluca: Există un moment anume specific, pentru apariția unui prag spiritual?

Ana: Un prag spiritual apare atunci când este haos în viața mea. Sunt într-o relație, dar nu este ceea ce îmi doresc. Nu sunt în nicio relație și caut să fiu cu o persoană foarte toxică din jurul meu. Simt că viața mea nu are niciun sens, simt că sunt financiar la pământ și mă gândesc ce să fac. Pragul spiritual este cerut de starea de haos și confuzie. Orice stare de haos este predecesoarea ordinii, disciplinei.

Disciplina și ordinea se nasc din haosul emoțiilor indisciplinate: înainte de trecerea unui prag spiritual se întâmplă un eveniment care depășește complet limita mea de suportabilitate. Sunt oameni care nu fac niciodată pasul către acest prag, asta putând să însemne zeci de ani sau toată viața. Pragul spiritual al cunoașterii, al înțelegerii, bunătății și acceptării poate să nu fi fost trecut niciodată, iar asta este o alegere.

Raluca: Așadar, știm că ne aflăm în preajma unui prag spiritual atunci când este haos în viața noastră, atunci când totul pare complet dezorganizat și în următorul rând pragul spiritual este *activat* în momentul în care sunt intoxicat cu foarte multe convingeri limitative, atunci când nu știu cine sunt și am nevoie să vină cineva să mă scuture de tot ceea ce mi-am programat la nivel mental negativ despre mine.

Ana: După ce o să trec pragul spiritual voi avea o nouă perspectivă a tuturor lucrurilor din viața mea, așa cum sunt ele și nu așa cum le vedeam eu prin frica și condiționarea mea. Părerea mea despre mine va fi complet diferită. Singurul pericol în cadrul trecerii pragurilor spirituale este să nu mă las cuprins de frică sau orgoliu, și să mă afund mai tare în durerea pricinuită de celălalt.

Raluca: Deci pragul spiritual apare atunci când există o puternică condiționare mentală negativă din trecut, atunci când nu m-am vindecat și mă simt neputincios și sunt într-un blocaj care mă ține departe de toți oamenii cu care ar trebui să mă întâlnesc, de toate lucrurile pe care ar trebui să le fac. Nimic din ce mi-am propus nu mai ajunge să se împlinească pentru că sunt prezent doar în trecut și este o formă de trecut care bineînțeles că nu mă ajută la nimic, dar în același timp, condiționează prezentul. Nu mai sunt atent la nimic din ce simt astăzi, ci sunt concentrat la ceea ce am simțit și de multe ori chiar încerc să retrăiesc ceva ce mi-a făcut rău, ceva ce m-a traumatizat, dar de care nu mă pot desprinde.

Ana: Beneficiile pragului spiritual apar în momentul în care am căpătat înțelegerea și cunoașterea tuturor lucrurilor care mi s-au întâmplat până acum, tuturor relațiilor eșuate, tuturor persoanelor care m-au respins. După ce treci pragul spiritual capeți înțelegerea fiecărui eveniment dureros în parte și nu te mai doare ceea ce s-a întâmplat, dar mai ales te folosești de ceea ce s-a întâmplat ca să faci din momentul prezent ceva care îți este benefic. După ce ai pus piciorul dincolo de pragul spiritual totul are sens și înțelegi că a fost o ordine divină perfectă tot ceea ce nu avea niciun sens până atunci. Recunoștința și starea de bine iau locul judecatei de sine, blamării și victimizării.

Raluca: Și atunci, după ce treci de acest prag spiritual, înțelegi exact cum simte și gândește omul care este pentru tine un instrument de purificare. Tu vezi exact prin el tot ceea ce a trăit și înțelegi că toate butoanele pe care ți le-a păsat și toată suferința pe care ți-a provocat-o au reprezentat punctul tău de transformare.

Ana: Punctul tău de fierbere emoțională te împinge dincolo de pragul spiritual. Eu pot să stau în prag o mare parte din viața mea și să spun *Nu mă interesează ce se întâmplă cu mine, nici cu viața mea*. Nu e nimeni obligat în această existență la un alt nivel de conștientizare decât acela pentru care muncește și pe care și-l alege. Înțelegerea profundă a acestui fapt ne scapă de foarte multă suferință pentru că etapele transformării sunt etapele accesării unei forme de cunoaștere și a unor informații pe care nu am avea cum să le integrăm în viața noastră. Contactul cu un suflet egoist, care nu face nimic pentru ceilalți, ci doar pentru folosul propriu, reprezintă de fapt însușirea empatiei necondiționate pentru cel care interacționează cu acest tipar. Întâlnirea are rolul de a ne face empatici față de propriiile nevoi emoționale, de altfel neglijate complet în relația cu omul egoist. Ceea ce este o extremă emoțională în altă persoană, declanșează în tine acele aspecte profunde care au nevoie de vindecare, pe care în alte condiții nu le-ai fi adus la lumină, și astfel se produce o reechilibrare pe plan emoțional în interiorul tău.

Raluca: Care este lecția pentru o persoană care are un atașament față de ideea de iubire și este dependentă de validarea celorlalți?

Ana: Dependența și atașamentul față de ideea de iubire idilică au la bază niște răni emoționale mai vechi, dar și anumite mecanisme de cooperare cu trauma neprocesată din trecut. De asemenea, suntem atașați de ideea de fericire cu orice preț datorită presiunii sociale de a ne conforma unor standarde exterioare, falsei imagini despre sine pe care ne-o construim, dorinței de a nu reprezenta o problemă pentru ceilalți, necesității de a fi populari, pe scurt să nu cumva să fii altfel decât mentalul colectiv are programat pentru tine.

În foarte multe cazuri aceste persoane care se chinuie să întrețină niște aparențe nu iubesc deloc, ci

sunt dependenţi de ideea de iubire, au un ataşament toxic faţă de această idee că trebuie să fie cu cineva care să le ofere exact ce au nevoie.

Raluca: Deci ataşamentul faţă de ideea de iubire înseamnă că atunci când nu o primesc, eu aleg în continuare conexiunea doar pentru că nu vreau să recunosc că este imposibil să primesc ce vreau. E prea dureros să accept că ceva nu este pentru mine, că nu îmi face bine. Ego-ul meu îmi spune că eu merit să primesc tot ce îmi doresc, fără excepţie.

Ana: Ataşamentul faţă de ideea de iubire este suferinţa oamenilor singuri dar şi a celor care sunt într-o relaţie, pentru că dacă sufletul tău este părăsit şi pus la colţ, incapacitatea de a îţi accesa propriu suflet te va distruge. Dacă eşti vindecat şi cu sufletul la tine persoana potrivită vine către tine, nu are cum să nu te găsească.

Raluca: Care este motivul pentru care se întâmplă acest lucru?

Ana: Sufletul tău întreg, liniştit şi vindecat are această putere de a stabili o conexiune la nivel energetic şi emoţional cu alt suflet care este la rândul lui vindecat, întreg şi complet. Dar, sufletul tău făcut ţăndări va stabili o conexiune profundă cu cineva care este pe aceeaşi frecvenţă.

Acesta este cazul celebru al persoanelor care îşi atrag parteneri care au nevoie disperată de vindecare şi care ajung să trăiască acelaşi tipar relaţional de nenumărate ori. Dacă dai pe un post de radio care difuzează o anumită piesă, cât

vei sta pe acea frecvență doar asta se va auzi. Dacă vrei să prinzi alt post de radio, va trebui să schimbi frecvența.

Cum reușești să ierți ceea ce te-a rănit cel mai mult?

Raluca: „Să greşeşti este omeneşte, să ierţi este divin". Iertarea este una dintre poruncile divine, dar atunci când trebuie aplicată, devine mult mai dificil decât ţi-ai fi imaginat vreodată. Cum anume se realizează acest proces de iertare în cazul oamenilor care nu doar au greşit faţă de noi, dar ne-au distrus viaţa? Oameni care ne-au luat lucruri importante, ne-au lăsat fără bunurile pentru care am muncit? Cum ierţi o umilinţă cumplită fără să retrăieşti acea durere în toate relaţiile tale?

Ana: Într-adevăr, nu se vorbeşte suficient sau nu suntem suficient de conştienţi despre cât de importantă este iertarea pentru buna noastră funcţionare, pentru starea noastră emoţională şi de sănătate. Nici nu este adus în discuţie acest aspect, că la nivel celular iertarea este un factor care determină buna funcţionare a imunităţii noastre şi a felului în care organismul nostru se adaptează schimbărilor de mediu. Spre exemplu, o stare de furie permanentizată, pune întregul organism în modul *luptă sau fugi*, ceea ce are drept consecinţă disfuncţionalităţi ale ritmului cardiac, tensiunii arteriale şi răspunsului imunitar[9]. Toate aceste disfuncţionalităţi rezultă într-o sumedenie de probleme, atât la nivel fizic, cât şi mental. Printre aceste afecţiuni se numără şi depresia, bolile de inimă, diabetul sau bolile autoimune. Într-un studiu colectiv realizat de *Centrul pentru Spiritualitate, Teologie şi Sănătate*, alături de *Laboratorul de Cercetare pentru Imagistică Neuropsihiatrică al Centrului Medical* (Universitatea Duke), în parteneriat cu *Departamentul de Psihologie al Colegiului Luther* despre imunitatea în cazul persoanelor care suferă de HIV-SIDA, au fost arătate efectele iertării de sine, dar şi a celorlalţi, asupra stării de sănătate. Astfel, a fost demonstrată eficacitatea iertării în îmbunătăţirea stării de sănătate (reducerea consumului de alcool şi a simptomelor specifice), în reducerea tensiunii arteriale şi scăderea nivelului cortizonului.[10]

Dar mai ales, iertarea contează pentru puterea ta de a trăi o viaţă care îţi aparţine şi nu viaţa persoanei care te-a rănit sau pe care iată nu poţi să o ierţi.

Raluca: Noi avem un proverb românesc foarte interesant care spune aşa *iert, dar nu uit*. La ce se referă exact?

Ana: Trebuie să nu uităm persoana care ne-a rănit și felul în care ne-a tratat ca să nu ne ducem înapoi și să trăim din nou aceeași durere, dar trebuie să uităm revolta sau furia pe care persoana respectivă, prin ceea ce a făcut, a generat-o în noi. *Trebuie să ierți dar să nu uiți* nu se referă la *Te țin eu minte ce mi-ai făcut și data viitoare mă răzbun* ci se referă la *Nu voi uita ce mi-ai făcut, ca să știu data viitoare*

[9] Dr. Frederic Luskin, *Forgive for Good: A Proven Prescription for Health and Happiness*, Harper One, 2003

[10] Amy D. Owen, R. David Hayward, Loren L. Toussaint, *Forgiveness and Immune Functioning in People Living with HIV-AIDS*, 2011.

să mă apăr și să nu mai ajung într-o situație similară. Nu voi uita ca să pot învăța din ce mi-ai făcut.

Raluca: Mi se pare important să lămurim anumite aspecte când vorbim despre iertare pentru că atunci când îi spui unui om *ierți pentru tine* poate îi este greu să înțeleagă la ce se referă această iertare și consideră că iertarea înseamnă negarea răului care i-a fost produs.

Ana: Așa este, multe persoane asociază iertarea cu anularea abuzului emoțional, spiritual sau fizic care a fost exercitat asupra lor într-o anumită situație. Acest lucru nu este adevărat: să ierți nu înseamnă să fii inconștient de ceea ce ți s-a întâmplat, ci înseamnă, cu toată responsabilitatea și conștientizarea din lume să înțelegi ce ți s-a întâmplat și să alegi să extragi partea bună.

Foarte multe persoane atunci când se străduiesc să ierte sau vor să fie iertate scapă din vedere acest aspect: ne este foarte greu să iertăm oamenii care ne rănesc cel mai mult, în fața cărora noi suntem vulnerabili. Acei oameni de obicei sunt persoane apropiate – sigur că îți este mai ușor să ierți un necunoscut, o persoană străină cu care tu nu ai interacțiune emoțională, dar când e vorba de un om drag, voi aveți o conexiune puternică în numele căreia tu consideri că o anumită acțiune ar fi de neiertat. Într-un om drag este o parte importantă din tine și în momentul în care îți face ceva de neiertat – fie că te trădează sau orice formă de rău intenționat prin care îți pune în pericol sănătatea, viața, starea- acea parte din tine te doare cumplit.

Oamenii care te iubesc nu ar trebui să fie vreodată ţinta unei intenţii maliţioase din partea ta, dar iubirea nu înseamnă acelaşi lucru pentru toată lumea şi nu iubim la fel, ci iubim diferit.

Raluca: Şi dacă nu avem puterea să vedem cum iubesc alţi oameni pe care noi îi iubim s-ar putea să rămânem atât de răniţi încât să nu mai avem puterea de a iubi niciodată.

Ana: Aşa este.

Raluca: Deci iertarea este o stare în care eu nu neg ceea ce mi s-a întâmplat, dar renunţ la durerea provocată de cel care m-a rănit?

Ana: Da, iertarea este un proces cu atât mai necesar cu cât persoana pe care eu vreau să o iert face parte din familia mea, sau este un om în care mi-am pus foarte multă încredere. În această viaţă, pe drumul pe care toţi îl parcurgem, al învăţării despre noi, despre ceilalţi, sunt foarte mulţi oameni pe care îi băgăm în sufletul nostru mai mult decât, să spunem, propria familie. Aceste persoane care intră în sufletul nostru ajung să însemne pentru noi mai mult decât propriii părinţi. Este foarte simplu: îți deschizi sufletul în fața acelui om, el își deschide sau nu sufletul în fața ta, dar tu ești extrem de vulnerabil și cu garda jos.

Raluca: Practic îi dai celuilalt acces complet la tot ceea ce simţi tu. Îţi este cu atât mai greu să ierţi un om, cu cât el a fost mai apropiat emoţional de tine, cu cât tu ai avut aşteptări mai mari şi este mai uşor să ierţi o persoană care ţi-a greşit, dar faţă de care tu nu ai avut nişte sentimente atât de puternice.

Ana: Da, este neplăcut să fii trădat şi dat la o parte însă modul în care te afectează abandonul şi trădarea unui om este foarte diferit în funcţie de nivelul de profunzime al relaţiei voastre, în funcţie de părerea pe care tu ai avut-o despre omul respectiv.

Atunci când vorbeşti despre o persoană de la care nu ai aşteptări foarte mari, în momentul în acţionează într-un mod negativ poţi spune că eşti dezamăgit, dar nu trăieşti „noaptea neagră a sufletului tău". Cea mai mare durere apare în momentul în care tu vezi o persoană într-o lumină foarte bună, atunci când idealizezi un om şi îl pui pe un piedestal şi spui „tu eşti altfel decât toţi ceilalţi, sunt complet vulnerabil şi deschis, tu nu ai putea vreodată să mă răneşti."

Raluca: De ce este altfel, pentru că are ceva special sau pentru că tu îl vezi aşa?

Ana: Pentru că noi ne uităm la fiecare persoană în parte prin sufletul nostru. Şi fiecare om primeşte acces diferit la noi.

Atunci când îţi dau acces la mine sau acces la emoţia mea, lucrurile se schimbă şi nivelul de impact al unei trădări sau al unui abandon faţă de mine creşte exponenţial. Ai senzaţia că viaţa ta s-a oprit în loc şi cel mai grav este că nici unul dintre lucrurile bune care fac parte din viaţa ta nu mai există, pentru că tu tocmai ai fost accidentat de felul în care celălalt te-a tratat.

Raluca: Deci ne influenţează foarte mult şi ne răneşte doar ceea ce noi am permis, ceea ce am cultivat în relaţia noastră. Până la urmă, te răneşte propria ta investiţie emoţională, propria ta aşteptare. De ce se întâmplă asta?

Ana: Pentru că tu ai fost convins că emoţia, gândul şi intenţia ta, îndreptate către un om vor fi interpretate într-un anumit fel, că ele vor fi primite. Ideea, că tu te plimbi prin această viaţă aşteptând ca ceilalţi să nu te dezamăgească, este una toxică: tu trebuie să ştii că în fiecare moment orice persoană din viaţa ta poate să te dezamăgească şi asta nu îl face neapărat un om rău sau toxic, asta îl face o fiinţă umană cu propriile sale emoţii, cu propriile sale stări pe care tu nu le poţi controla şi pe care nu le poţi cunoaşte în totalitate.

De aceea este mult mai indicat să îți antrenezi mintea și sufletul să fie pregătite de orice situație posibil diferită de ceea ce tu aștepți de la ceilalți. E mult mai simplu, decât să te plimbi prin viață cu așteptările acestea nesănătoase conform cărora tu trebuie să fii tratat așa cum îți dorești de oamenii din viața ta.

Vei întâlni şi oameni care o să te trateze mult mai frumos decât ai putea spera, care îţi vor oferi iubire, siguranţă şi sprijin condiţionat, dar, exact aşa cum îi avem pe aceşti oameni, apar în drumul nostru şi cei care nu doar că nu îţi oferă iubire sau sprijin, dar vin să fie cea mai importantă lecţie.

Raluca: Şi de ce vin aceşti oameni în viaţa noastră?

Ana: Vin tocmai ca să ne înveţe iertarea.

Raluca: Dar cum ne învață iertarea, mai exact?

Ana: Făcând lucruri de neiertat.

Raluca: De ce?

Ana: Pentru că lucrul care te doare cel mai tare este cel în care tu ai pus o parte din sufletul tău. Nimeni nu poate să vină și să îți atingă sufletul în vreun fel dacă tu nu ai permis asta, dacă tu ai deschis ușa.

Raluca: Este greșit să deschizi ușa sufletului tău?

Ana: Nu este greșit, de aceea trăim, ca să deschidem permanent poarta către simțirea și gândirea noastră.

Dar este greșit să crezi că toți oamenii care o să deschidă ușa sufletului tău trebuie să și rămână, sau merită să intre acolo. În asta constă puterea ta de adaptare și flexibilitatea ta emoțională, pe care le dobândești doar în aceste circumstanțe și pe care ai ocazia să le experimentezi în situații în care ceva ți se pare de neiertat.

Raluca: Foarte interesant. Deci deschiderea emoțională este necesară, apoi evaluez dacă persoana în cauză poate să primească ceea ce am eu de oferit ca emoție, stare și trăire, sau dacă are ceva de oferit la rândul său.

Ana: Există o polarizare extrem de dură pe care o vedem în rândul oamenilor care au trăit dezamăgiri crunte: pe de o parte, îi avem pe cei care declară vehement *nu o să îmi mai deschid sufletul niciodată în fața nimănui pentru că nu mai pot să suport asemenea durere vreodată. Nu mai are nimeni acces la emoția mea.* Această atitudine duce la lipsa completă a relaționării cu ceilalți. Eu nu mai am relații autentice, pentru că relația autentică este prezentă doar unde există schimb de emoție, de vulnerabilitate. Nu avem cum să comunicăm altfel cu cineva, dincolo de cuvinte, dacă nu există deschidere la nivel emoțional și energetic. Pe de altă parte, îi avem pe cei care spun *Nu mă interesează absolut deloc faptul că oamenii mă dezamăgesc, eu mă arunc cu capul înainte în relație, pentru că sper ca cei din jur să îmi satisfacă așteptările și să găsesc persoana ideală care să nu mă mai dezamăgească niciodată*. Aceste două extreme sunt foarte problematice pentru că ele nu sunt posibile pe termen lung, în viața mea. Între punctul de îngheț emoțional și punctul de fierbere emoțională se întâmplă foarte multe lucruri, cărora putem să le spunem: viața noastră emoțională.

Raluca: Voiam să te întreb, care este diferența dintre *viața sentimentală* și *viața emoțională*?

Ana: Viața emoțională se referă la emoțiile pe care le trăiesc în interiorul meu, cu propria persoană dar și în exterior, față de toți oamenii cu care interacționez: prietenii, rudele mele, colegii de la muncă. Viața sentimentală se referă la emoția pe care o trăiești în viața de cuplu, față de o persoană cu care ai o relație romantică sexuală.

Raluca: Așadar, atunci când vorbim despre iertare problema este foarte spinoasă pentru că, atunci când cineva îți face ceva de neiertat, crezi că îl vei ierta pe omul acela când el va recunoaște că a greșit, când el își va cere scuze. Dar asta poate să nu se întâmple niciodată. Ce faci atunci, trăiești în neiertare și ranchiună toată viața?

Ana: Tu îl vezi pe omul care ți-a greșit responsabil pentru durerea neiertării tale, dar de fapt nu are nicio legătură cu tine. Procesul tău de iertare este călătoria ta cu tine și în locul acelui om care te-a rănit ar putea fi oricine altcineva, ar putea să-l cheme oricum, pentru că el este cel care a venit să te învețe pe tine iertarea. Iertarea adevărată și profundă nu se învață când stai să te uiți la un film, liniștit pe canapea și spui *astăzi este o zi foarte bună ca să facă acest proces de iertare.*

Iertarea se învață în condiții extreme, este unul dintre cele mai grele antrenamente spirituale la care putem lua parte. Aș putea spune că este unul dintre antrenamentele vindecătoare și eliberatoare, pentru că după ce reușești să ierți ceva de neiertat ai ajuns la stăpânire de sine foarte mare și felul în care înțelegi și simți toate relațiile tale este unul eliberat de atașamentele nesănătoase, posesivitate și nevoia constantă de validare.

Raluca: Este vindecat modul în care eu relaționez pentru că nu mai este un model comportamental plin de așteptări?

Ana: Da, nu mai trebuie să fie într-un fel anume ca să fii mulțumit cu tine. Este o detașare foarte sănătoasă.

Raluca: Detașarea sănătoasă se referă la indiferență?

Ana: Nu, detașarea sănătoasă înseamnă să știu exact ce aleg să trăiesc, ce simt din ceea ce se întâmplă în viața mea. Eu extrag acele părți benefice care sunt compatibile cu mine: ceea ce nu este compatibil cu identitatea mea emoțională este dat la o parte fără ca eu să am o stare negativă legată asta. Nu mă simt abandonat, ci eliberat.

Raluca: Deci iertarea se întâmplă cu adevărat în situații în care primesc lecții foarte dureroase. La ce se referă în special aceste lucruri de neiertat?

Ana: Gesturile de neiertat, în general, se referă la iubirea ta necondiționată, timpul tău, energia, sănătatea ta, pe care i le dedici unei persoane, în jurul căreia se învârte toată viața ta. Acest om alege nu doar să nu întoarcă binele oferit cu sinceritate și devotament, ci să îl folosească împotriva ta, drept instrument de manipulare și exploatare, pentru a-ți face rău. Atunci când cineva alege să profite de faptul că tu i-ai oferit acces deplin la viața ta, alegând să te rănească umilească, sau trădeze, simți că totul se prăbușește.

Raluca: Uneori spunem *De ce m-ai convins să fiu în această relație? De ce ai insistat să fim împreună? De ce m-ai lăsat să cred că simți ceva pentru mine când tu știai că nu e așa?*

Ana: De fapt, durerea respectivă este începutul procesului de iertare.

Raluca: Ce înseamnă asta?

Ana: Înseamnă mai multe lucruri. În primul rând, niciodată nu suntem răniți de oameni care nu au scopul de a ne duce la următoarea etapă, la următorul nivel. Următorul nivel înseamnă detașarea emoțională, responsabilizarea și maturitatea. În al doilea rând, tot ceea ce ți se pare de neiertat este ceva ce tu ai de vindecat în propria ta emoție și în propriul tău suflet.

Odată ce ierți ceva de neiertat ai mai puține prejudecăți, convingeri limitative și relația cu propria persoană este mult îmbunătățită. Tu deja ai

trecut prin ceva foarte rău, tu cu tine, ai reușit să te sprijini, să te salvezi. Felicitări, ești un învingător!

Raluca: Și ce o să primești în schimbul muncii tale?

Ana: Vei primi o relație funcțională cu propria persoană. Când ierți ceva de neiertat ai mult maimultă încredere în tine, relația ta cu tine se schimbă fundamental pentru că viața ta nu este în mâinile altcuiva, ci este doar treaba ta. Dacă tu consideri că cineva a făcut ceva de neiertat acel cineva este stăpânul tău, este cel care îți ocupă gândurile, el are posibilitatea de a te face să te simți într-un anumit fel, prin acțiunile lui.

Raluca: Deci neiertarea ta de fapt înseamnă această conexiune constantă cu omul respectiv, este o legătură invizibilă care ne leagă.

Tot ce nu pot să iert mă face să fiu absent din ceea ce contează, să nu mai fiu atent la relațiile care sunt relevante pentru mine și să trăiesc încontinuu, prin repetiție, scenariul trădării, abandonului sau durerii respective.

Ana: Întocmai. Ni se pare că cineva face ceva de neiertat pentru că noi avem așteptări, pentru că nu știm cine suntem, pentru că noi considerăm că depindem de persoana respectivă și pentru că suntem convinși că nu avem nici o putere asupra emoțiilor noastre.

Raluca: Dar avem?

Ana: Bineînțeles.

Raluca: Şi atunci când ne îndrăgostim putem avea control asupra a ceea ce simţim? Prima tendinţă este să spui *ce să fac dacă m-am îndrăgostit, nu depinde de mine?*

Ana: De fapt, de acolo începe treaba ta, din punctul în care te-ai îndrăgostit de cineva care nu te iubeşte sau te trădează. Aşa începi să înveţi cine eşti tu şi cum este emoţia ta? Ce faci tu şi ce face emoţia ta cu tine? Eşti dispus să faci ceva cu ea sau eşti pur şi simplu un factor pasiv iar emoţiile tale, unele dintre ele nevindecate, fac ce vor cu tine şi te aruncă ca pe o minge de baseball de la ură la disperare, de la disperare la frică, de la frică la deznădejde?

Raluca: Şi cum pui stop? Sau mai bine zis, cine poate opri asta?

Ana: Nu o să pună *stop,* acestui cerc vicios, omul pe care tu nu-l ierţi. Tu eşti singurul care poate opri jocul. Jocul neiertării este unul foarte periculos, care nu se încheie niciodată dacă un om care te-a rănit e încă prezent în viaţa ta, iar tu nu l-ai iertat. Victimele care se întorc la abuzatori o fac nu pentru că i-au iertat, ci pentru că nu i-au iertat şi aşteaptă de la aceştia o eliberare, o confirmare, o vindecare.

Raluca: Dar asta nu se întâmplă mai niciodată.

Ana: Asta nu se întâmplă, da. Abia după ce ai iertat în profunzime ceva de neiertat, poţi să te eliberezi complet de tot trecutul vostru negativ. Un om poate să facă ceva de neiertat şi sunt două posibilităţi. Prima posibilitate este ca acesta să nu îşi asume responsabilitatea faptelor sale, nu doar să nu îşi asume responsabilitatea dar să-şi fi dorit foarte mult să te rănească, să fi fost un plan bine stabilit pe care l-a pus în aplicare. Cea de-a doua posibilitate este aceea în care cineva a făcut ceva de neiertat dar este dispus să îndrepte situația, să se schimbe și depune efort în acea direcție. Atunci, și tu și el sunteți angajați în acest proces comun de iertare. Sunt oameni care, în această viață, chiar din această poziție de persoană care trădează, abandonează, care face rău, în cadrul acestui proces ajung să aibă niște conștientizări și să își dorească iertarea pe de la omul pe care l-au rănit. Pentru că ei înțeleg durerea celuilalt și foarte important nu vor să o mai provoace.

Este inutil, naiv și toxic să îl forțez pe un om care a greșit să-și recunoască vina, ca să-l pot ierta eu. Dacă această asumare a responsabilității pentru faptele sale nu vine din interiorul lui, nu putem merge mai departe.

Raluca: Este foarte complicat să rămâi rațional pentru că rațiunea ta este infestată de toată durerea. Iertarea nu este a celuilalt, nu este despre faptele lui, iertarea este doar a ta, alegerea celuilalt este decizia lui despre cum vrea el să ducă mai departe experiența întâlnirii cu tine.

Ana: Un om poate alege față de tine să se poarte într-un fel îngrozitor. Acesta poate fi o persoană foarte apropiată în care ți-ai investit toate visele, toate speranțele și ce se întâmplă? Dacă omul respectiv pleacă din viața ta sau nu mai este prezent ,îți rupe sufletul în bucăți. Atunci te gândești *Ce fac, pentru că aș vrea să iert dar în același timp aș vrea și să nu mă mai rănească.* Vezi ce problemă avem aici? O problemă uriașă: cât timp eu sunt nelămurit, cât timp există speranța că se va îndrepta sau cât timp eu las ușa deschisă, procesul de iertare nu poate să înceapă pentru că eu nu înțeleg ceea ce s-a întâmplat și refuz practic să accept adevărul.

Raluca: Este acel moment când spunem *Parcă nu ai greșit așa rău, adică totuși poate nu ai trădat intenționat*.

Ana: Da, doar că eu nu pot să iert cât timp nu sunt clarificat și limpede cu ceea ce este de iertat. Multe persoane pornesc în procesul iertării total confuzi: trebuie să înțelegi atunci când un om te-a umilit, te-a abandonat, te-a trădat, atunci când ai dovezi clare că cineva ți-a afectat viața într-un mod negativ, e foarte important să te uiți la acea greșeală ca la ceea ce este.

Nu e nevoie să fii tu judecătorul omului care ți-a greșit, dar trebuie să fie observatorul faptei sale în raport cu tine. Dacă fapta lui a declanșat o stare negativă în mod clar în viața ta, atunci este necesar tu, să primești din partea ta, dreptul de a te uita la realitate ca la ceea ce este.

Raluca: Deci procesul de iertare este acesta: să înțeleg și să conștientizez ceea ce mi s-a întâmplat. Prima dată, nu neg că s-a întâmplat lucrul respectiv, că eu sau cineva a făcut ceva de neiertat. Asta doare foarte tare.

Ana: Nu are cum să nu te doară, dar este injecția cu adevăr pe care trebuie să o administrezi dacă vrei să începi procesul de iertare. Multe persoane se blochează aici și zic *Dar totuși nu m-a trădat că și-a dorit.* Când nu negi că un om ți-a greșit sau că tu ai greșit nu înseamnă că tu te judeci sau că îl judeci pe celălalt, ci înseamnă că pur și simplu ești un om care observă în mod rațional și logic ceea ce s-a întâmplat.

Deci primul aspect foarte important, ca să ierți ceva de neiertat este să nu negi că acest lucru s-a întâmplat exact așa cum s-a întâmplat. Câteodată, emoția noastră, pentru că este foarte rănită, ne face un scenariu complet diferit de ceea ce s-a întâmplat în realitate.
Ne aducem aminte de lucruri din trecut în funcție de ce am simțit atunci, nu de felul în care s-a întâmplat evenimentul respectiv.

De multe ori, oameni din familia noastră ne corectează și spun *Dar nu a fost chiar atât de frumos așa cum îți aduci tu aminte, de fapt asta s-a întâmplat atunci.* Ție însă ți se pare frumos pentru că emoția ta refuză să proceseze o cantitate de durere și îți livrează un scenariu cu puțin mai mult roz, decât a fost de fapt în realitate acesta. Este un mecanism de *supraviețuire emoțională*, de ștergere în mod intenționat a amintirilor afective dureroase cu puternic impact emoțional.

Raluca: Și de ce facem asta?

Ana: Ca să putem supraviețui. Simțirea noastră se autoconservă, dând la o parte lucrurile care au durut foarte tare, din ceea ce ni s-a întâmplat.

Raluca: Ce urmează după ce trec de această etapă în care înțeleg foarte clar ceea ce mi s-a întâmplat și nu încerc să mă mai mint? Eu cred că ăsta e cel mai greu prag de trecut, poate îmi e dor de omul care mi-a făcut cel mai mare rău, pentru că l-am idealizat foarte mult timp.

Ana: Te doare foarte tare când îți face ceva de neiertat, nu pentru că a anihilat trecutul vostru împreună, ci pentru că a distrus potențialul viitor al relației voastre. Pentru că tu ştii că din acel moment, între voi nu va mai putea fi niciodată relaţia pe care aţi avut-o până atunci. Suferi pentru fapta de neiertat în sine, cât şi pentru tot ceea ce el a distrus din ce tu îţi doreai să se întâmple între voi. Ca să revin la întrebarea ta, după ce am trecut de prima etapă în care mă uit în mod obiectiv, deşi doare la ceea ce se întâmplă şi aleg să nu mă mint, trebuie să ajung în următoarea etapă.

Raluca: Sunt tare curioasă cum se simte această etapă, dacă apare o stare de eliberare sau din contră, devine mai dificil.

Ana: Următoarea etapă este recunoştinţa pentru ceea ce s-a întâmplat.

Raluca: Adică să fiu recunoscător că cineva mi-a făcut ceva de neiertat ?

Ana: Da. Trebuie să fim recunoscători pentru lucrurile de neiertat care ni se întâmplă pentru că ele aduc la suprafaţă din străfundul nostru cele mai preţioase şi până atunci neexplorate mecanisme de supravieţuire emoţională şi de transformare. Puterea pe care ţi-o dă un om care îţi face ceva de neiertat este una pe care nu ţi-o iei din altă parte. În primul rând, este vorba de un proces de şlefuire emoţională şi de împuternicire care te face mai puţin vulnerabil în faţa potenţialilor abuzatori emoţionali din viitorul tău. În al doilea rând, te face mult mai înţelept faţă de propria persoană şi mult mai echilibrat în deciziile pe care le iei. În următorul rând, îţi construieşte o relaţie cu tine pe care nu ai fi avut-o niciodată, dacă nu ar fi venit acea persoană să facă ceva atât de dureros. Lucrurile de neiertat sunt cele mai preţioase instrumente de dezvoltare personală, sunt o binecuvântare foarte mare dar tocmai că binecuvântarea este atât de mare noi oamenii avem obiceiul de a spune că e o pacoste.

Raluca: Cred că îţi ia foarte mult timp şi ai nevoie să cureţi toate rănile emoţionale cauzate de acea persoană ca să simţi acea durere ca pe o binecuvântare.

Ana: Când cineva îţi face ceva de neiertat capacitatea de compasiune faţă de ceilalţi creşte foarte mult.

Raluca: De ce se întâmplă asta?

Ana: Pentru că tu vezi cum se simte durerea aceea, înţelegi profund cum este ca cineva să se poarte aşa. Tu vei şti să nu faci asta, orice îţi face altcineva rău este o lecţie ca tu niciodată să nu trezeşti în alt om ceea ce ţie ţi s-a întâmplat. Tocmai că înţelegi cât este dezastruos şi devastator pentru cineva să trăiască ceea ce tu tocmai ai trăit.

Deci, cu titlu de învăţământ preţios este orice experienţă negativă pe care un om ne-o provoacă care de fapt este o experienţă pozitivă de învăţare, pentru că eu ştiu ca în viitor să nu fac aşa.

Raluca: Poate că aş face aşa dacă nu aş şti cât de tare doare?

Ana: Da. Din acest punct de vedere lucrurile de neiertat îţi măresc capacitatea de compasiune faţă de ceilalţi pentru că vei avea grijă în mod special tu să nu pui pe grătarul încins, în foc, sufletele celorlalţi aşa cum a făcut cu tine, cel care te-a rănit. Cea mai preţioasă lecţie din care înveţi în această viaţă este să fii într-o relaţie atât de bună cu tine încât să nu mai poată nimeni să vină să strice starea ta de echilibru. Dacă tu ai ales în schimb să stai într-o stare de tristeţe şi de durere, în loc să sărbătoreşti întâlnirea cu sufletul tău în această viață, nimeni nu poate alege fericirea în locul tău.

Raluca: Ce înseamnă întâlnirea cu sufletul tău, mai exact?

Ana: Înseamnă că din durerea pe care ţi-o provoacă acel om tu vezi cât de bun eşti, cât ai învăţat tu despre compasiune, cam cât de vindecat eşti încât să poţi merge înainte cu sufletul tău? Omul care te-a rănit poate avea doar atât, doar rana, durerea, frica pe care ţi le-a provocat. Tu în schimb poţi avea altceva, şi acel altceva este schimbarea, vindecarea şi transformarea în cine eşti tu din adevărul fiinţei tale, redescoperite din durere.

Raluca: Deci dacă sufletul tău este în acea etapă în care se hrăneşte şi se bucură să provoace durere nu este treaba mea să vin eu peste sufletul tău și să-ți spun ce ar trebui tu să faci.

Ana: Se prea poate, după ce ai fost dezamăgit sau trădat de cineva, mintea ta sa priceapă exact ce s-a întâmplat. Tu poţi fi un om chiar raţional şi să realizezi că ai fost trădat, cu bună ştiinţă.

Doar că de la momentul în care mintea ta pricepe asta şi până la momentul când sufletul tău înțelege și el, este o diferenţă. Va dura ceva până sufletul tău va pricepe ceea ce mintea știe deja. Știm multe lucruri, dar simţim diferit această cunoaştere a minţii. Nu e suficient să pricep că un om m-a trădat ca să nu îl mai iubesc, este nevoie de timp, ca sufletul meu sa se recompună. Este nevoie de răbdare ca el să se reaşeze, după ce a fost complet mutat în acea direcţie, care da, s-a dovedit a fi o pistă greşită, dar a fost acasă al sufletului meu, pentru o bună bucată de timp. Acest fapt nu poate fi negat de mintea mea, care trebuie folosită drept un instrument eficient de recuperare, în procesul de vindecare emoţională si de iertare.

Treaba ta este să cauţi altceva. Şi acest altceva este iubirea pe care tu înainte de a fi trădat, abandonat sau părăsit, ai cultivat-o în viaţa ta. Iubirea aceea este vie şi este prezentă în fiecare fibră din corpul tău şi sufletul tău. Trebuie doar să vrei să te uiţi către ea.

Raluca: Ce înseamnă asta mai exact?

Ana: Toţi oamenii din jurul tău au un suflet, cu care te poţi conecta. Iubirea din viaţa ta înseamnă toate emoţiile, stările tale de bine şi de bucurie pe care le-ai trezit în alţi oameni şi care la nivel energetic sunt prezente(pe care tu poţi să le accesezi în aceste momente).

Raluca: Dacă eşti prezent în sufletul tău conştientizezi că fiecare suflet în această viaţă acţionează de la propriul său nivel de conştiinţă şi nu eşti tu judecătorul lui.

Tot ce poţi să faci este să ai grijă de sufletul tău şi să vezi cum îl faci să fie mai bun decât este deja, mai iertător şi foarte important să înţelegi că tot ceea ce ierţi în ceilalţi de fapt ierţi în tine.

Ana: Şi faptul că ierţi ceva de neiertat, din ce a făcut un om faţă de tine, este direct proporţional cu lucrurile, să spunem, de neiertat pe care şi tu le-ai făcut poate altor oameni sau le vei face. Pentru că în această viaţă ordinea divină funcţionează perfect, nu suntem niciodată în afara ei. Dacă alegem asta în mod intenţionat- prin ură, neiertare, furie-sigur că nu mai putem accesa iertarea.

Atunci când tu ştii că faci parte din această ordine divină şi o laşi să lucreze în viaţa ta, totul ajunge la locul potrivit, nu este nevoie să te duci și să îl tragi de urechi pe sufletul care te-a rănit de foarte multe ori. Un suflet care te rănește el singur alege să se pedepsească pentru ceea ce face, dar asta este alegerea și durerea lui, în care nu poți interveni tu. Această ordine divină înseamnă că exact așa cum le ierți celorlalți greșelile, la fel îți sunt și ție iertate.

Iată cât de frumos avem în rugăciunea tatăl nostru *Și ne iartă nouă greșelile noastre, precum și noi iertăm greșiților noștri.*

Raluca: Cum se traduce asta exact?

Ana: Cantitatea de iertare pe care tu o trimiți către ceilalți este exact acea cantitate de iertare de care tu vei beneficia pe parcursul vieții tale. Uneori, poate să ni se pară că suntem foarte buni, că nu greșim niciodată dar nu știm ce oameni am rănit în mod neintenționat în această viață și până la urmă n-avem cum să controlăm felul în care alți oameni se simt față de noi din interiorul lor.

Este extraordinar să avem acolo, pus bine deoparte, un capital de iertare, din ceea ce le iertăm celorlalți, pe care putem să îl accesăm și atunci când facem noi la rândul nostru lucruri de neiertat.

Raluca: Deci ordinea divină înseamnă că totul e în echilibru: pui în balanță ceva mai greu, iar în partea cealaltă altceva mai ușor, atunci va trebui să vină un eveniment care să creeze acest echilibru. Gesturile de neiertat sunt cea mai interesantă excursie pe care o faci în interiorul tău. Drumul pe care îl alegi atunci când rănești un om intenționat este ceva ce îți aparține doar ție și un om care te iartă pentru asta alege ca durerea faptelor tale să îți aparțină ție, iar lui să-i aparțină starea de eliberare, de bine și de bucurie pe care o are după ce pleacă de lângă tot ceea ce tu ai produs în interiorul lui.

Ana: Da. Vreau să menţionez încă un aspect important: acest proces de iertare înseamnă foarte multă răbdare faţă de propria persoană, el nu se întâmplă peste noapte şi înseamnă foarte multă sinceritate faţă de tine, pentru că mintea şi sufletul tău sunt foarte rănite şi ele în fiecare secundă după ce ţi s-a întâmplat ceva de neiertat te întreabă *Dar de ce mi s-a întâmplat mie?*, mai ales dacă cineva pe care tu îl iubeşti sau l-ai iubit ţi-a făcut ceva de neiertat. Mintea ta încearcă să înţeleagă, ea vrea o explicaţie.

Raluca: Dar nu există explicaţie, pentru că lucrurile de neiertat nu se fac din minte, ci se fac cu sufletul, pentru că un suflet nu a avut suficientă iubire, răbdare sau compasiune faţă de alt suflet, sau nu a învăţat că în viaţa aceasta se întâmplă tot din suflet şi pentru suflet.

Ana: Şi aici este o mare greşeală, această neînţelegere a unui om care nu are repere emoţionale, care n-a simţit vreodată iubire sau nu poate să simtă iubire, noi o transformăm în vina noastră. O luăm asupra noastră ca o povară uriaşă şi spunem *aleg să nu te iert, nu meriţi iertarea mea* dar de fapt un om care ţi-a făcut ceva de neiertat nu poate să merite sau să nu merite iertarea ta. Poate persoana respectivă nici nu ştie cât te-a rănit, poate nu o să mai vorbeşti niciodată cu ea, sau nu mai este în viaţă. Faptul că tu îi dai iertarea ta înseamnă că îţi oferi ţie binecuvântarea să mergi mai departe, să trăieşti o nouă viaţă. Dar mai ales, înseamnă să ai încredere în tine, că ştii că eşti mai mult decât durerea pe care ţi-a provocat-o acel om. Ştii că eşti altcineva decât umilinţa, disperarea, abandonul respectiv.

Într-un fel, te încredinţezi sufletului tău şi te încredinţezi Divinităţii pentru că înţelegi că este ceva mai mult decât ce tu vezi la momentul ăsta, în care totul ţi se pare cumplit şi de neiertat.

Raluca: Cred că este atât de mare bucuria când ai reuşit să îl ierţi pe un om care ţi-a făcut ceva de neiertat, pentru că nu te mai doare, nu te mai emoţionează, nu te mai interesează nimic din ceea ce el ar face sau ar spune, tocmai pentru că l-ai iertat. Dar cât eşti în neiertare, acţiunile acelui om te afectează enorm, îţi dictează emoţia şi îţi schimbă viaţa în mod negativ. De aceea, iertarea este despre respectul faţă de propria persoană, despre încrederea în Divinitate, despre propriile tale valori. Este despre relaţia pe care o ai cu tine şi despre tot ce ai construit în viaţa ta, în relaţiile tale până în acel moment.

Ana: Da, trebuie să fii pregătit de faptul că unii oameni gândesc, acţionează diferit de tine, că unii oameni sunt de-a dreptul indiferenţi sau chiar se bucură de suferinţa ta.

Raluca: Şi atunci când oamenii aceia se bucură de durerea ta?

Ana: Mai ales atunci trebuie să ai compasiune faţă de ei şi să nu spui *Sunteţi nemernici, nu aveţi pic de suflet.* Trebuie să te uiţi şi să spui *Doamne, voi nu aveţi pic de suflet şi mă doare durerea voastră dar îmi respect propriul suflet astfel încât să nu fac parte din durerea voastră.* Atunci când ai învăţat cine eşti, ştii de ce este în stare sufletul tău, cât este de preţioasă această linişte a sufletului. Iertarea vine ca o încununare a acestei călătorii pe care tu ai depus-o cu tine şi este o bucurie atât de mare să ştii că tu ai această putere. Mulţi oameni te întreabă *Ce superputere ţi-ai dori* *să ai ?* Unii răspund *Să fiu invizibil, să pot să mănânc fără să mă îngraș, să le citesc gândurile celorlalți* dar de fapt iertarea este cea mai mare superputere pe care poți să o ai. Iertarea este o superputere vindecătoare, eliberatoare și transformatoare. Ea reprezintă dovada că tu n-ai trăit degeaba și că ai învățat ceva, că tu ai ales altceva față de omul ăla care te-a rănit sau față de cel care ți-a făcut ceva de neiertat.

Raluca: Ce ai ales? Puterea ta de a iubi?

Ana: Exact asta. Dacă tu spui *Eu sunt un om care iubește* înseamnă că tu știi că poți să o iei oricând de la capăt, atât timp cât poți iubi. Singurul și cel mai mare pericol la care ne putem expune în această viață este să ne pierdem capacitatea de a iubi, capacitatea de a identifica și de a păstra iubirea în viața noastră. Este un pericol de care ne ferim atunci când comunicăm cu sufletul și îl conștientizăm.

Cum știu care sunt lecțiile pe care sufletul meu le are de învățat în această viață?

Raluca: Cele mai importante lecţii de viaţă pe care le învăţăm, de voie sau de nevoie, ajungem să nu le descifrăm în clipa în care ele se întâmplă, ci mult mai târziu. Cum putem să ne însuşim aceste lecţii de viaţă, astfel încât ele să ne fie de folos în timp real, nici mai târziu, nici prea devreme? Să le descifrăm astfel încât ele să reprezinte un ajutor real ? Ce pot să fac pentru a beneficia de pe urma unei informaţii cu care sunt de acord, dar realmente nu ajung să fac ceva cu acea informaţie?

Ana: În primul rând, o lecţie de viaţă este absolut tot ceea ce mi se întâmplă în fiecare zi. Trebuie să ne detaşăm puţin de această imagine idealizată a vieţii noastre sau a celorlalţi în care aşteptăm să se întâmple un fapt uimitor, extraordinar, senzaţional ca să facem o schimbare. Primim lecţiile de viaţă exact atunci când nu ne considerăm pregătiţi, dar cu toate acestea avem cea mai mare nevoie de ele.

Raluca: Primim lecţii de viaţă absolut tot timpul din toate direcţiile, dar putem alege unul dintre cele două drumuri: să facem ceva cu aceste lecții de viață și să ne ușurăm existența, sau din contră să devenim propriii noștri dușmani. În cel de-al doilea caz, toate aceste lecții ne transformă în niște oameni înverșunați, care nu doar că nu au asimilat lecțiile de viață dar au ajuns să considere că tot ceea ce li se întâmplă este o conspirație universală ca ei să fie nefericiți.

Ana: Poate cea mai importantă lecție de viață pe care o învățăm este că nimeni nu ne datorează absolut nimic, indiferent că vorbim de copilul, părintele, sora noastră. Această idee conform căreia dacă cineva este părintele nostru sau dacă noi suntem copiii cuiva în mod automat persoana în cauză trebuie să fie recunoscătoare, este o idee falsă și are la bază un atașament nesănătos și frica de singurătate. Principiul *Eu te-am făcut eu te omor,* pe care încă mulți părinți îl aplică, este cel mai grav sancționat de către copilul lor, la maturitate.

Raluca: De exemplu, părinți care spun copilului *O să te duci la facultatea la care îți spun eu, o să faci ce îți spun eu, o să te căsătorești cu acest bărbat sau o să te însori cu această femeie* .

Ana: Așa este. Dar absolut nimeni în această viață nu ne datorează nimic indiferent de gradul de rudenie, indiferent de ceea ce simțim pentru acel om. Da, nimeni nu îmi datorează nimic pentru că recunoștința și respectul unei persoane ar trebui să fie un fapt firesc al atenției și iubirii care sunt prezente în relație. Nu trebuie să mă aștept ca cineva să îmi ridice statuie pentru că îi dedic viața mea, până la urmă asta e alegerea mea, dar nici nu pot să stau lângă un om care dă din umeri atunci când e vorba de a arăta că este alături de mine. Nimeni nu este dator să facă ce vreau eu, aşa cum vreau eu. În iubire este inclus simţul datoriei dar el întotdeauna vine din responsabilitatea pe care un om o simte faţă de mine, şi nu din ceea ce eu îi impun să onoreze în numele relaţiei noastre, pentru că eu consider oportun. Da, această stare că vrea şi îşi doreşte să fie prezent în viaţa mea, nu poate fi condiţionată de mine, ci este o componentă a unei conexiuni sănătoase, în care există schimb de emoţie, trăire şi stare.

Raluca: Oare suntem prizonierii unor condiţionări false pe care societatea ni le impune: *Dacă m-am căsătorit cu un om, el trebuie să stea toată viaţa lângă mine?* Dar ce fac dacă pe parcurs, eu, fiind o fiinţă umană care are şi raţiune şi sentimente, nu mă pot adapta personalităţii şi stilului de viaţă al celuilalt? Ce fac dacă descopăr că este agresiv cu mine, că mă minte şi mă face să sufăr? Eu pot spune *Acest om este dator să stea lângă mine ,respectiv eu îi sunt datoare acestui om să stau lângă el până când moartea ne va despărţi.*

Ana: O relaţie se sfârşeşte nu din clipa în care doi oameni se separă din punct de vedere fizic, ci din momentul în care conexiunea emoţională dintre ei a fost întreruptă de abuz, dominaţie excesivă, frustrare sau manipulare. Moartea relaţiei o reprezintă această deconectare profundă dintre emoţia mea şi starea celuilalt.

Raluca: Deci *moartea* tocmai ne-a despărţit dacă celălalt nu mă mai respectă şi este abuziv faţă de mine?

Ana: Nimeni nu îţi datorează nimic pentru că un om poate fi doar aşa cum este el, nu aşa cum eşti tu. Dacă îmi conduc toate relaţiile pe ideea că ceilalţi trebuie să corespundă tuturor aşteptărilor mele, voi fi cumplit de dezamăgit şi toate interacţiunile mele vor fi o suferinţă continuă.

Raluca: Un om nu îţi poate îndeplini toate aşteptările, dar poate îndeplini o parte din ele?

Ana: Da. Sunt nişte aşteptări să spunem sănătoase, legate de iubire şi manifestarea ei, şi mai sunt şi nişte aşteptări de-a dreptul maladive, unde eu nu fac altceva decât să urmăresc cât de mult mă dezamăgeşte toată lumea.

Raluca: Deci lecţia de viaţă nu este o capcană, cineva vrea să te prindă şi să îţi facă rău, ci este îndepărtarea de aşteptările nesănătoase?

Ana: Da, dacă laşi lecţia să se predea fără să intervii cu orgoliul tău, da. Dar dacă ţii mai mult la vanitatea ta decât la ceea ce tocmai ai deprins dintr-o lecţie de viaţă preţioasă, vei avea mai multe aşteptări nesănătoase, la sfârşitul zilei.

Raluca: Tocmai, că atunci când doare cel mai tare, dorinţa de a te opune este mai intensă.

Ana: De foarte multe ori, oamenii care nu sunt alături de noi ne fac cel mai mare favor pentru că ne lasă să fim noi, alături de noi înşine.

Raluca: Suntem dependenţi de ideea de fericire? Suferim ataşamentul faţă de ideea că ar trebui să fim plăcuţi de ceilalţi, ca să ne placă de noi înşine?

Ana: Este o formă de ataşament extrem de periculoasă pentru că se prea poate să devin dependent de validare.

Raluca: Poate următoarea lecţie de viaţă extrem de importantă este aceea că niciodată nimic din ceea ce mi-am imaginat că va fi într-un fel, nu se întâmplă exact aşa. De ce simţim această nevoie acută ca viaţa să se petreacă după un scenariu din mintea noastră? Poate viața vrea să ne ofere mai mult decât ne-am imaginat, și noi nu vrem să primim.

Ana: Aceste credințe conform cărora viețile noastre trebuie să se desfășoare după un anumit scenariu, alături de așteptările și dorințele prefabricate pe care le dobândim pe parcursul vieții, își au rădăcina în lipsa responsabilității emoțiilor și gândurilor noastre. Să fii responsabil pentru tine și pentru viața ta este o muncă pe care o depui continuu, nu iei pauză niciodată.

Raluca: Cum se manifestă mai exact această *responsabilizare emoțională*?

Ana: Nu mai poți să fii rău cu ceilalți, nu poți fi nedrept, te doare durerea celorlalți, înțelegi suferințele celor din jur și vrei să faci ceva să schimbi asta .Pentru că ajungi să fii foarte conectat cu tine și cu tot ce ești tu, devii responsabil pentru viața ta, iar această responsabilitate te ferește de starea de ignoranță în care spui *Ce mă interesează pe mine că ceilalți nu sunt bine? De ce să vreau să fac bine cuiva? Treaba mea este să îmi fie mie bine!* În momentul în care începi să trăiești responsabil te confrunți cu foarte multe lucruri extrem de dureroase și de neplăcute, pentru că exact așa cum avem în viața noastră iubire, echilibru, armonie tot așa există și durere, haos și chin. Singurul mod prin care poți trece de suferință este să treci prin ea, nu poți să treci peste ea și de foarte multe ori încercăm să găsim scurtături, trucuri magice dar vom vedea că nu există.

Raluca: Pentru că acea suferință pe care eu o îndur ca să cresc și să evoluez are un scop și scopul este tocmai să trăiesc fără să fiu strivit de propriile mele așteptări?

Ana: Suferința apare de câte ori încerc să mă opun unei situații așa cum este ea. Suferința apare atunci când sunt deconectat de tot ceea ce însemn eu ca ființă umană, ca emoție și gândire. Atunci când sunt egoist și nu fac nici un fel de schimb de energie cu ceilalți, sufăr.

Raluca: Este suferința mai des întâlnită atunci când ești într-o etapă de negare și de respingere a adevărului despre ce simți?

Ana: Orice adevăr, oricât este de dureros, odată acceptat, îmi schimbă viața pentru că eu pot să fac ceva în legătură cu asta, înțeleg care sunt limitele mele din momentul în care am la îndemână niște date clare. A accepta adevărul înseamnă să te cunoști, să știi cine ești și bineînțeles înseamnă să nu mai dai vina pe ceilalți.

Raluca: Tendința de a da vina pe ceilalți este un mecanism de cooperare cu suferința?

Ana: Atunci când toate problemele din viața ta ți se pare că sunt din vina celorlalți, nu ai cum să vezi unde ești tu, dincolo de cei din jur. Cumva, ceilalți sunt în locul tău, tu trăiești în locul lor și stai într-o serie de stereotipuri cu care nu faci altceva decât să îți distragi singur atenția de la ceea ce se întâmplă în interiorul tău. Îți poți distrage atenția o zi, un an, mai mulți ani, dar la un moment dat viața o să aibă grijă să-ți dea exact lecțiile de care ai nevoie ca să-ți îndrepți atenția către tine.

O altă lecție foarte importantă este aceea că nimeni în afară de tine nu poate să știe care sunt lucrurile pentru care merită să lupți cu adevărat. Putem face lucruri extrem de utile, putem primi

ajutor despre cum ar trebui să procedăm, dar reperul esențial este ceea ce se întâmplă în sufletul nostru. Este fundamental ca eu să exist în viața mea prin deciziile mele.

Raluca: Adică să acționez conform părerii și simțirii mele, înainte de părerea oricui altcuiva?

Ana: Un om care mă vede trist poate să-mi spună *Păi ar fi bine să-ți faci o familie, poate ești un bărbat trist pentru că ești singur și nu ai soție,* altcineva poate să-mi spună *Ar fi bine să încerci să evoluezi profesional, poate că ai o frustrare că nu faci ceva util din acest punct de vedere* dar toate aceste lucruri trebuie confruntate cu ceea ce eu simt în profunzime. Numai eu știu dacă simt să lupt pentru ceva până la capăt, sau dacă e mai bine să renunț.

Raluca: Cea mai mare dramă este a oamenilor care le trăiesc viețile celor apropiați, fără să își pună întrebarea dacă ei își doresc asta.

Apoi ajung să îi urască pe cei pentru care se sacrifică și de multe ori se răzbună pentru propria lor incapacitatea de a gestiona ce își doresc de la viața lor. Nu reușesc să primească ceea ce e cu adevărat important, dar în același timp nici nu sunt dispuși să renunțe la ceea ce nu contează pentru ei și le pricinuiește doar durere.

Ana: Asta mă duce cu gândul la următoarea lecție foarte importantă: în unele momente, renunțarea este cel mai mare câștig. Sunt oameni care construiesc o relație în care investesc foarte multă energie și foarte mult timp, apoi, dintr-un anumit punct îmi dau seama că pur și simplu relația respectivă nu mai merge, că a fost o idee proastă de la început, că lucrurile s-au schimbat.

În acele momente, a renunța la relație înseamnă a lua o mică bărcuță pentru a scăpa de pe vaporul care se scufundă. Este singura decizie înțeleaptă și până la urmă singura victorie pentru că dacă mă atașez foarte tare de ceva care nu mai există, nu mai merge, care mă rănește ajung să îmi distrug singur viața.

Raluca: Putem spune *Nu vreau să renunț, vreau să merg până la capăt eu nu sunt genul care renunță.* Dar dacă lupți pentru ceva ce te rănește, se numește că ai pierdut bătălia pentru că acea bătălie s-a încheiat acum ceva timp, iar tu continui să fii singur pe frontul de luptă.

Ana: De aceea, este important să mă duc acasă să-mi pansez rănile și să văd dacă nu cumva această renunțare este o nouă șansă la viață pe care mi-o dau.

Raluca: Deci ca să primim ceva bun trebuie să fim dispuși să acceptăm când s-a terminat un capitol din viața noastră.

Ana: Exact așa. Următoarea lecție foarte importantă este faptul că nu pot păstra în viața mea nimic din ceea ce nu mai servește sufletului meu, nimic din ceea ce nu îmi este de folos.

De foarte multe ori suntem ca un aluat care crește în afara vasului în care a fost pus, care dospește. Acest vas în care suntem puși este reprezentat de oamenii cu care suntem într-o relaţie: dacă vedem şi simţim că pur şi simplu din punct de vedere spiritual şi emoţional nu mai există dialog, nu se mai poate repara nimic, ne-am dezvoltat în direcţii complet opuse şi nu mai există nicio punte de legătură cu simţirea celuilalt, finalul relaţiei este inevitabil şi chiar indicat pentru ambii parteneri.

A rămâne prizonierul unei relaţii din care lipseşte comunicarea, iubirea şi respectul este cel mai mare gest de indiferenţă şi neiubire faţă de mine, dar şi faţă de celălalt. Dacă stai lângă un om pe care nu îl mai iubeşti, îl pedepseşti şi pe el, şi pe tine. Nu mai ai nimic de oferit, nu mai poţi să îi asiguri sprijinul şi confortul necesar, prin urmare, degeaba el te iubeşte, dacă tu nu mai eşti prezent în relaţia voastră.

Raluca: Cea mai mare suferinţă apare atunci când tu ai trecut la următorul nivel, ai evoluat peste puterea de creştere a celuilalt, el vorbeşte alt limbaj emoţional, iar tu insişti să crezi că sunteţi la acelaşi nivel. Atunci fie tu te duci mereu după el, şi scazi ca frecvenţă vibraţională pentru că e undeva în urma ta, sau din contră, vrei să îl tragi pe el să fie la nivelul tău, ceea ce pentru tine reprezintă o povară uriaşă, iar pentru celălalt o frustrare permanentă că nu te poate mulţumi.

Ana: O relaţie nu se încheie doar din motive precum abuzul fizic, trădarea sau infidelitatea. Ea se încheie şi din pricina acestei cauze: cei doi participanţi la relaţie au crescut în ritm diferit, nu se mai regăsesc cu varianta lor iniţială, şi au nevoie să iasă de acolo, ca să redevină ei înşişi. Această stare este denumită drept *Nu îmi mai găsesc locul lângă un om.*

Raluca: Diferențele într-o relație pot deveni ireconciliabile, atunci nu te faci că nu vezi asta, ci iei măsuri. Dar este foarte greu să trăiești fără un om pe care îl consideri Universul tău, în care ți-ai investit toată viața, resursele și speranțele.

Ana: Ai punctat ceva foarte important, o altă lecție de viață: ceilalți pot trăi fără mine, dar eu nu pot trăi fără mine. Este cumva tot o parte din această conștientizare de care avem nevoie și la care practic suntem supuși în fiecare moment din viața noastră: cât suntem vii nu le suntem indispensabili tuturor oamenilor, dar ne suntem indispensabili nouă înșine.

Fără să mă cunosc, fără să știu cine sunt, fără să știu ce am nevoie atunci când sunt la pământ ca să mă ridic, eu nu pot să merg mai departe. Nu doar că nu pot să merg mai departe, dar nu reușesc să am un plan de salvare. Tot ce era indispensabil într-o anumită etapă din viața noastră se termină la un moment dat. Atunci o luăm de la capăt, dar acel luat de la capăt nu înseamnă că tu ai pierdut, că ai muncit degeaba, ci înseamnă că o lecție de viață și-a îndeplinit misiunea și o să înceapă următoarea lecție de care ai nevoie. Tot ce mi se întâmplă este întotdeauna spre binele meu, pe care, dacă am răbdare, ajung să îl descopăr.

Raluca: Ce înseamnă să ai răbdare?

Ana: Răbdarea nu înseamnă pasivitate, ignoranță sau indiferență. Răbdarea înseamnă că eu muncesc cu mine, cu ceilalți, în mod activ dar nu mă aștept la niște rezultate miraculoase peste noapte și atunci când rezultatele întârzie să apară, nu mă descurajez. Răbdarea înseamnă să știi către ce anume îți direcționezi energia și viața și să continui în acea direcție chiar și atunci când ai o zi proastă, chiar și atunci când te doare foarte tare, pentru că nu faci asta din condiționare, ci pentru că sufletul tău e acolo. Mergi într-o direcție fără de care sufletul tău nu este întreg.

Raluca: Ca să mergi într-o direcție a sufletului, trebuie să fii autentic. Asta e o lecție de viață tare grea și de care fugim mai mereu. Ce înseamnă să fii autentic în relația cu ceilalți, să iubești autentic?

Ana: Este fundamental să fiu autentic cu mine, să fiu adevărat în relațiile cu ceilalți, pentru că altfel mă trezesc că am întreținut în viața mea niște relații de suprafață. Relațiile de suprafață sunt satisfăcătoare pentru ego-ul meu, pentru că eu pot în permanență să le spun celorlalți ce vor să audă, dar atunci mă trezesc că nu am pe nimeni cu adevărat alături de mine, ci mai degrabă relațiile mele sunt o consecință a faptului că eu nu spun adevărul.

Raluca: Dacă nu sunt autentic, ajung să îi las pe ceilalți să mă folosească atât cât ei au nevoie și se bucură de ceea ce eu ofer. În momentul în care nu mai ofer abilitatea sau serviciul respectiv, eu nu mai exist și atunci relația noastră se încheie.

Autenticitatea, în relația cu ceilalți dar și cu propria persoană, este fundamentală pentru că am nevoie să am în viața mea oameni care sunt acolo pentru mine, nu care se folosesc de ceea ce eu produc din punct de vedere financiar, emoțional sau social.

Ana: Dar în această situație, orgoliul meu are de suferit pentru că dacă vreau relații autentice trebuie să îmi recunosc mie adevărul și să admit *Omul ăsta care spune că este prietenul și susținătorul meu de fapt nu este așa.* Chiar dacă această conștientizare stârnește un conflict în interiorul meu, acest conflict nu este ceva rău, ci este o aducere la suprafață a unor adevăruri pe care, în lipsa conflictului, nu le-aș fi înțeles vreodată.

Raluca: E foarte important să identific dacă acest conflict pe care îl am cu cineva nu este o nemulțumire personală, pentru că dacă e așa, atunci eu am nevoie de vindecare, nu ceilalți. Conflictele și diferențele de opinie sunt sănătoase atât timp cât ele nu includ umilirea, jignirea, folosirea de cuvinte grele pentru că ies din acest ciclu de învățare și intru într-un ciclul distructiv, în care sunt rău, în care urăsc și în care îmi hrănesc orgoliul pentru că orgoliul spune *Tu ești bun, celălalt este rău, de ce nu-i arăți că ești mai deștept decât el?*

Ana: Aici intervine următoarea lecție și anume aceea că niciodată nu te poți folosi de ceilalți ca să descoperi cine ești tu, asta înseamnă că avem nevoie să trecem prin foarte multe situații noi, ca să ne putem evalua cu adevărat obiceiurile comportamentale, conduita emoțională și ce anume ne face cu adevărat fericiți. Cât timp ne folosim de ceilalți ca să găsim scuze pentru problemele pe care le avem nu ne mai luăm doza de învățătură din ceea ce s-a întâmplat și acest stereotip afectează felul în care ne uităm la relațiile noastre, felul în care vorbim cu ei. Când renunți la doza ta de umanitate, renunți la foarte multe lucruri pe care sufletul tău le are de primit ca lecții de viață de la ceilalți. Asta te aduce într-un raport de competiție și separare față de semenii tăi și nu mai aparții acestui suflet universal, acestui cosmos emoțional în care toți suntem interconectați ca emoție. Ajungi să trăiești în mintea ta care va găsi mereu noi motive să te separe de ceilalţi, iar faptul că ţi se întâmplă sau ţi s-au întâmplat lucruri care să-ţi confirme stereotipurile mentale nu reprezintă o scuză ca să nu fii bun cu ceilalţi, să nu ai încredere în oameni şi să nu faci tot ce ţine de tine ca să fii bun.

Raluca: Poate şi asta este o lecţie de viaţă: să fii bun nu înseamnă să ignori ce este negativ, nu înseamnă să nu mai conştientizezi că unii oameni vor să te păcălească sau vor să îţi facă rău, ci înseamnă că tu vezi aceste lucruri dar nu le dai acces la esenţa ta interioară.

Ana: Atunci când crezi şi eşti convins că lumea este rea deja eşti în pericol, deja s-a declanşat sistemul de alarmă.

Raluca: De ce?

Ana: Pentru că vei începe să accesezi exclusiv informaţie din această perspectivă, vei căuta să-ţi hrăneşti acest stereotip mental cu dovezi care sprijină această idee până când tu devii lumea, până când te porţi la fel ca cei care te-au rănit şi ajungi la rândul tău să provoci durere altor oameni.

Raluca: Este acesta un comportament defensiv, pentru că nu ai procesat cantitatea de durere pe care ai trăit-o atunci când ai fost rănit?

Ana: Exact. Interacţionăm foarte mult din mental, văd un cerşetor pe stradă cu mâna întinsă, mintea mea începe să deruleze un program mental de critică la adresa lui *Sigur este plătit de cineva să stea aici, o să se ducă să îşi ia băutură de banii ăştia, dacă eu sunt drăguţ cu el ce poate să facă omul ăsta pentru mine?* Eu ca mental pot considera că nu am nicio treabă cu el, dar sufletul meu va înregistra felul în care eu mă raportez la alte suflete.

Conştiinţa cuantică, acest calculator imens perfect funcţional care se află înăuntrul nostru, înregistrează totul şi depozitează în interior acolo, în subconştientul meu consecinţele tuturor gândurilor, emoţiilor şi faptelor mele.

Apoi, încep să mă comport cu ceilalţi într-un anumit fel care generează de la ei exact reacţia pe care eu am avut-o, dar care mă răneşte şi sunt confuz *Nu înţeleg de ce primesc respingere, nu înţeleg de ce relaţiile mele nu funcţionează.* Atât timp cât eu la nivel emoţional manifest un anumit comportament în viaţa mea, voi primi acelaşi tratament de la alţi oameni, care nu au nimic în comun cu cei faţă de care eu mă port aşa.

Raluca: Starea şi energia pe care le trimiţi într-o direcţie vin înapoi exact la fel, doar că din altă parte?

Ana: Da. Ceea ce este şi mai interesant e faptul că eu acum pot fi nedrept cu cineva şi acelaşi tip de nedreptate să mi se întâmple şi mie din partea altei persoane peste mulţi ani. Voi fi pus exact în aceeaşi situaţie.

Întotdeauna trecem în această viaţă prin absolut toate ipostazele, de aceea este atât de important atunci când suntem la pământ şi credem că nu există niciun motiv pentru care să ne ridicăm, este important să ştim că nu vom rămâne acolo niciodată prea mult timp şi că totul se va schimba într-un mod revoluţionar. La fel de important este atunci când suntem în vârf şi am muncit ca să ajungem acolo, să ştim că nu o să rămânem mereu acolo, o să coborâm iarăşi şi apoi o s-o luăm de la capăt.

Viaţa este un proces de schimbare şi învăţare constantă, nu pot considera vreodată că nu vreau să învăţ pentru că eu sunt în sala de clasă unde fiecare interacţiune cu ceilalţi, fiecare situaţie este o lecţie pentru mine.

Raluca: Şi dacă am disponibilitatea să învăţ de la tot ce se întâmplă, viaţa mea va fi una mult mai uşoară: nu înseamnă că nu voi mai trece prin greutăţi, prin suferinţe, că nu o să mai trăiesc pierderi ale oamenilor dragi. Înseamnă că voi avea cum să depăşesc ceea ce mi se întâmplă şi cel mai important, să fac ceva bun din fiecare experienţă în parte.

Ana: Acel *ceva bun* pe care tu îl construieşti este pentru că ai învăţat din ceea ce ţi se întâmplă. În momentul în care ajungi în interiorul tău, descoperi că nimic din ceea ce ai văzut vreodată în afara ta, nu poate să fie mai palpitant. Descoperi că ţi-ai *achiziţionat* o nouă perspectivă asupra a tot ceea ce se întâmplă în afara ta şi că poţi fi oriunde şi te simţi ca în vacanţă, pentru că e vacanţă în interiorul tău.

În cinci sau zece ani nu am să-mi aduc aminte nimic din luptele de orgoliu pe care le-am avut azi, din conflictele cu ceilalţi de ieri, din lucrurile care mie îmi răpesc foarte mult timp acum, dar care de fapt, nu contează. Capacitatea mea de a face diferenţa între ce contează cu adevărat pentru evoluţia mea şi pentru viitorul meu şi ce nu va avea nicio relevanţă pentru viaţa mea, reprezintă starea de echilibru interior.

Raluca: Pe parcursul unei zile se întâmplă foarte multe lucruri neplăcute, de la aşteptatul în staţie a autobuzului care nu vine la niciodată la ora la care ar trebui să vină, oameni care se comportă total deplasat, până la faptul că partenerul sau copiii tăi sunt supăraţi, se îmbolnăvesc, se ceartă, sau apare un conflict din senin. Toate aceste lucruri trebuie procesate emoţional, pentru că, dacă mă voi focusa mereu asupra neplăcerii, durerii sau deranjului, nu voi mai ajunge să văd ce contează, adică să-mi păstrez sănătatea fizică, mentală și emoțională, să fiu în siguranță. Este foarte important să ne punem această întrebare în absolut tot ce facem *Cât de mult contează asta pentru mine?* Și dacă îmi răspund *Contează foarte mult, dar nu ar trebui să conteze* atunci merg în interior să văd care este problema de fapt.

Ana: Da. Acolo, în interiorul stărilor mele proaste sau sentimentului că sunt depășit de atribuțiile din propria mea viață, pot să găsesc rana de abandon, rușinea de trecut, dezamăgirea, teama de prezent. Atunci încep să lucrez cu toate aceste răni, încep să lucrez cu mine și să conștientizez că de fapt, tot ceea ce este în jurul meu e generat de ceea ce se întâmplă în interiorul meu.

Raluca: Ceea ce ne întâmpină în situațiile din viața noastră este ceea ce noi am emis ca stare, emoție și gând?

Ana: Da. Bunătatea pe care o găsesc în ceilalți, la nevoie, este bunătatea pe care eu am presărat-o în drumul celorlalți atunci când ei au avut nevoie. Viața funcționează negreșit pe acest principiu *cauză-efect*: tot ceea ce eu am acum este generat de acțiunile, gândurile și felul în care i-am tratat pe ceilalți. Niciodată nu trebuie să mă amăgesc cu această idee *Dacă am fost bun înseamnă că sunt prost, oricum până la urmă m-a păcălit, și-a bătut joc de mine.* În fapt, conștiința care înregistrează tot nu este deloc interesată de ce a crezut conștiința acelui om, ci își face treaba ei. Conștiința ta a captat acea cantitate de energie pe care tu ai emis-o și a expediat-o în viitorul tău, de unde tu îți vei lua ajutorul indispensabil în momentele de răscruce din viața ta.

Raluca: O altă lecție de viață ar fi aceea că Divinitatea lucrează neîncetat pentru noi, în moduri ascunse vederii noastre trupești, dar limpezi pentru sufletul nostru?

Ana: Divinitatea are grijă de mine dacă o las și dacă nu mă autosabotez. Atât timp cât eu mă las ajutat de ceea ce Divinitatea pune în drumul meu, prin oameni, situații, gânduri, reușesc să găsesc rezolvări la problemele mele pentru că las soluțiile să mă găsească, nu mă pierd de mine. Este foarte important să recunosc această energie creatoare din care sunt desprins, ca ființă umană, să o recunosc în ceilalți oameni, în mine însumi/însămi, să o recunosc în tot ceea ce este viu și să înțeleg că niciodată nu sunt singur, niciodată nu sunt nevăzut.

Întotdeauna primesc neîncetat ajutor, atunci când mă conectez cu această sursă inepuizabilă de energie și de iubire necondiționată. Sigur că atunci când neg această iubire nu mai am acces la ea, este foarte simplu.

Sunt oameni care zic *Nu există Dumnezeu*. Pentru ei nu există, pentru că ceea ce nu recunoști și nu observi ca fiind valid, nu există. Tot ceea ce eu neg și nu recunosc ajunge să mă priveze pe mine de ajutorul pe care îl primesc de la Divinitate. De aceea, conexiunea și relația pe care le dezvolt cu Divinitatea în viața mea, sunt un reper, o ancoră foarte importantă. Aceasta este sursa mea de energie inepuizabilă, pentru că totul se termină în această viață în afară de iubire, în afară de ceea ce Divinitatea este. Pentru conștiința cuantică nu există început sau sfârșit, este un prezent continuu. Atât timp cât eu sunt conectat cu ceea ce există cu adevărat și ies din mintea mea, atunci pot avea parte și de ceea ce există în interiorul meu și pot lăsa în urmă ceea ce nu-mi place. Acest proces este de fapt viața mea, un proces de învățare continuu.

Manipularea și tehnicile de abuz emoțional: cum se joacă cineva cu sufletul și mintea ta?

Raluca: Toată lumea ştie-sper eu- că încercarea de a manipula un alt om este un lucru rău. Dar sunt anumite nuanţe greu de identificat, care fac victimele manipulatorilor să fie oarbe la abuzul pe care îl suferă, şi în multe situaţii să caute ele însele acea formă de abuz. Despre cum poate cineva să se joace cu mintea şi cu sufletul nostru, până în punctul în care nu mai ştim cine suntem, nu mai ştim ce vrem şi foarte important nu mai ştim ce simţim, ajungem să vorbim abia în etapa de vindecare, mai puţin în cea de prevenţie. Nu mai ştim să trăim fără persoana care se joacă cu noi, tocmai pentru că totul a fost orchestrat de așa natură încât să ajungem în acest punct de slăbiciune și de vulnerabilitate maximă, când singurul medicament pentru boala noastră este persoana care ne provoacă boala respectivă. La ce se referă exact această metodă de manipulare?

Ana: Ceea ce tocmai ai descris se referă la o formă avansată de abuz emoţional, mental şi spiritual pe care o persoană o exercită asupra noastră. Trebuie să înţelegem că cineva se joacă cu mintea noastră nu pentru că este dezinteresat de noi, din contră, am putea spune chiar că, dacă nu ar fi interesat, nu s-ar juca cu noi.

Un abuzator emoţional care se joacă cu mintea noastră este o persoană care poate fi interesată sau atrasă de noi, care poate dori să obţină anumite beneficii de pe urma noastră şi este dispus să facă absolut orice este necesar pentru a ne aduce în punctul în care noi suntem dependenţi emoţional de prezenţa ei în viaţa noastră.

Raluca: Care sunt motivele pentru care un om se joacă cu mintea ta?

Ana: Motivele pot fi foarte complexe şi merg de la lipsa profundă de sentiment şi emoţie până la emoţie profundă dar gestionată incorect din pricina unor patologii mentale de care persoana respectivă suferă. Mai pe româneşte spus, un om poate să se joace cu mintea mea pentru că nu-i pasă deloc de mine şi vrea să obţină ceva de pe urma mea. Pentru asta are nevoie să mă aducă într-un stadiu de vulnerabilitate maximă, astfel încât eu să nu mai gândesc cu mintea mea ci să gândesc cu mintea lui, pe care el este dispus să mi-o împrumute. Primesc de la el o nouă viziune asupra mea şi a vieţii mele. În al doilea rând, un om se poate juca cu mintea mea pentru că sunt doar eu în mintea lui. Poate să facă asta din pricina unor nesiguranţe sau slăbiciuni dar mai ales din pricina unei lipse acute de iubire din viaţa sa, pe care el nu ştie că o are, evident.

Raluca: Dar cum reușește să îți atragă atenția atât de mult încât de bunăvoie renunți la rațiunea ta și ajungi să gândești cu mintea lui?

Ana: O persoană care se joacă cu mintea ta creează în permanență o dramă în jurul acțiunilor sale și în jurul vieții tale. Ajungi să fii preocupat numai de acea persoană, nu-ți mai vine să te gândești la nimeni altcineva, nu mai vrei să faci nimic altceva pentru că trebuie să rezolvi permanenta problemă pe care persoana respectivă o reprezintă pentru tine. O persoană care se joacă cu mintea ta îți dă tot timpul de lucru. De obicei, este vorba de un om foarte inteligent, care are un interes vădit legat de tine. Interesul acesta poate să fie de natură emoțională- adică are sentimente față de tine- sau poate fi de orice altă natură.

Raluca: Atunci când spui *de orice altă natură* te referi la faptul că acest interes este împachetat drept interes de natură emoțională ca tu să fii complet vulnerabil și să reușească astfel să obțină anumite beneficii?

Ana: Manipularea minții și sufletului celuilalt este de obicei o metodă pe care un abuzator, un manipulator emoțional, un mincinos patologic sau un narcisist le folosesc pentru a obține fără efort anumite avantaje sau anumite beneficii . De asemenea, le obține de așa manieră încât la final tu consideri că el ți-a făcut ție un serviciu și nu invers.

Raluca: Deci întotdeauna aceste persoane nu o să spună niciodată ce vor cu adevărat de la tine, nu o să existe sinceritate.

Ana: La început, îți poate spune lucruri frumoase, se comportă ca și când este atașat dar apoi devine confuz în privința calităților și performanțelor mele, se gândește în permanență la ceea ce el poate să facă și mai puțin la ceea ce eu pot să fac. Eu se prea poate să mă trezesc într-o situație în care să zic *Am obosit, nu știu ce vrei de la mine, nu știu cum să facem*. Sinceritatea față de un manipulator nu este niciodată o idee bună, ea nu poate să dea rezultat. Orice metodă în afară de a închide orice contact cu această persoană nu va funcționa.

Raluca: De ce nu?

Ana: Pentru că în acest context, sinceritatea este exploatată drept instrument de gestionare a vulnerabilităților tale, ea devine o pârghie prin care persoana respectivă analizează comportamentul și reacțiile tale. Astfel, învață exact ce butoane trebuie să apese ca să te manipuleze. Mai exact, persoana care se joacă cu mintea ta, vede în tine un mic experiment: tu ești un obiect de studiu în permanență, iar manipulatorul este ca un program care se împrospătează constant cu informații de la tine. Vede cam ce anume te deranjează, cam ce anume te doare, care sunt slăbiciunile tale? Este un program care se va mula perfect pe ceea ce tu vrei, pe nevoile tale și care va știi exact ce anume trebuie să-ți furnizeze astfel încât tu să ai încredere deplină în el.

Raluca: Evident că nu se poate juca cu mintea ta dacă tu nu ești vulnerabil și nu-i oferi acces la tine.

Ana: Îi oferi accesul unui om la tine atunci când ai încredere în el, atunci când ai sentimente față de el.

Raluca: Dar o persoană care alege să se joace cu tine este o persoană dezinteresată de felul tău de a fi. În mod profund este dezinteresată de ceea ce simți și nu îi pasă să stabilească o conexiune autentică cu tine. Tu ești important pentru acest om atât timp cât poți oferi un serviciu de care el se poate folosi, atât timp cât poți să îi oferi o stare de care el are nevoie. Atunci când în schimb ceri să te iubească necondiționat, vei descoperi că nu există niciun fel de emoție de partea cealaltă.

Ana: Asta pentru că tu nu poți stârni o emoție într-un om care vrea să se joace cu tine. Tu ești o jucărie, un obiect care nu conține emoție, pentru manipulator.

Raluca: Dar o persoană care se joacă cu mintea ta va ști cum să stârnească foarte multe emoții în tine, aplicând acest tratament *cald-rece* tot timpul și folosindu-se de muniția pe care tu o furnizezi în fiecare secundă și anume afecțiunea, dar mai ales sinceritatea ta. Sunt persoanele empatice mai vulnerabile în fața abuzatorilor emoționali?

Ana: Sigur că persoanele empatice și cele care au o cantitate foarte mare de iubire de dăruit vor avea tot timpul această nevoie de a oferi iubire și de a-i vindeca pe ceilalți. Capacitatea oamenilor empatici de a atrage oameni care suferă este una crescută.

Raluca: Mereu m-am gândit că într-o relație unul dă mai mult, celălalt mai puțin, și cumva se face o medie aritmetică, din care relația supraviețuiește.

Ana: O relație nu trebuie doar sa supraviețuiască, este nevoie sa existe un schimb permanent de energie, emoție si gânduri, astfel încât ambii participanți sa crească. Dacă nu există creștere, este puțin probabil să existe pe termen lung o conexiune suficient de puternică. Dar dacă vrei sa fim mai exacte, da, unul dă mai mult, celălalt dă mai puțin, dar fiecare oferă și primește dintr-o direcție.

Raluca: Ce înseamnă asta?

Ana: Adică, eu spre exemplu pot să fiu în relația mea mult mai darnic cu resursele mele emoționale. Să ofer celuilalt sprijinul emoțional și moral ca să ducă la îndeplinire sarcinile casnice, iar celălalt să se ocupe efectiv de aceste sarcini.

Raluca: Ai nevoie de sprijin moral în îndeplinirea sarcinilor casnice?

Ana: Ai să râzi, dar această muncă, la fel ca oricare alta, este greu de îndeplinit atunci când te simți exploatat și ești singurul care strânge după ceilalți din casă. Ca să te simți bine în gospodăria ta, este nevoie să existe implicare din toate părțile, și asta înseamnă că dacă ceilalți nu fac nimic, iar tu te simți în permanență epuizat, este foarte greu să îți păstrezi motivația de a te implica în continuare și de a avea grijă de tine și ceilalți. Foarte mulți soți ajung la divorț și la unele conflicte absolut cumplite din pricina acestui motiv: cel care face toată treaba nu primește susținerea și aprecierea celuilalt. Uneori nu vrei ajutor fizic, ci doar recunoștință pentru ceea ce faci. Tu ești perfect capabil să duci la îndeplinire ce ai de făcut, nu îți lipsește nimic altceva în afară de prezența în spațiul tău emoțional a celuilalt, recunoașterea faptului că tu și ceea ce tu faci, contează pentru el. De multe ori, vrem doar să fim văzuți și auziți, vrem să primim afecțiunea și validarea celorlalți, nu neapărat ajutorul lor în activitatea respectivă, pentru că ne descurcăm singuri. Factorul emoțional primează înaintea oricărui alt element și o bună relaționare de absolut orice tip este una care ia în considerare în primul rând dispoziția, starea și motivația emoțională a celui care performează activitatea respectivă.

Raluca: Şi care, putem spune, este motivaţia emoţională a unui manipulator?

Ana: Pentru un manipulator, motivaţia este tot factorul emoţional, dincolo de orice alt beneficiu. Doar că acest factor emoţional în acest context este o rană emoţională nerezolvată, o patologie care s-a transformat într-un mod de interacţiune în toate relaţiile, o nevoie de validare şi o cantitate de iubire care nu a ajuns niciodată la acesta şi care îl determină să facă totul în contratimp şi pe contrasens.

Raluca: Poţi explica, te rog, mai bine acest concept?

Ana: Da. Spre exemplu, dacă într-o relaţie funcţională, fiecare îşi exprimă emoţiile în timp real, comunicând ceea ce îşi doreşte de la partener, în relaţia cu manipulatorul, emoţiile sunt utilizate drept instrumente de pedepsire şi umilire a celuilalt. Emoţiile nu sunt exprimate în timp real, ci doar atunci când au cea mai mare putere de a umili şi culpabiliza victima.

Într-o relaţie funcţională, grija şi atenţia ta sunt îndreptate în mod frecvent către persoana iubită, în cazul manipulării această grijă apare doar atunci când ai nevoie de ceva de la ea, când vrei să obţii ceva. Grija şi atenţia pe care un manipulator ţi le arată nu sunt niciodată rezultatul firesc al emoţiei pe care o simte faţă de tine, ci rezultatul unei strategii menite să te facă dependent de grija şi atenţia lui.

Raluca: Dar ce câştigă manipulatorul din asta?

Ana: Câştigă exclusivitate. Acces exclusiv şi nelimitat la resursele tale financiare, sociale, emoţionale. Dacă nimeni nu mai e ca el, şi fericirea ta depinde exclusiv de el, asta îl face indispensabil. De asemenea, toate vulnerabilităţile tale îl fac să fie pe o poziţie de superioritate faţă de tine, îți știe toate secretele și te are la mână oricând tu ai putea să vociferezi și să reproșezi ceva.

Prin tot ceea ce face, îți dă senzația că nimeni nu ar putea să facă asta în locul lui, și desigur tu nu te-ai descurca pe cont propriu. De fapt aspectul cel mai subtil al manipulării este că simțul tău de sine este anulat până în punctul în care tu renunți la identitatea ta pentru că nu consideri că îi mai este de folos cuiva. Există deja cineva care poate face totul în locul tău, într-o manieră mult mai satisfăcătoare pentru amândoi.

Raluca: Sau, există și varianta în care manipulatorul nu este dispus să facă nimic în locul tău, dar nici în locul lui. Așa că se folosește de puterea și farmecul pe care le exercită asupra ta pentru a te determina pe tine să faci absolut toată munca.

Ana: Asta în timp ce îți dă senzația că tu nu ai fi vreodată în stare să faci asta. De multe ori este chiar hilar, sunt lucruri pe care le făceai cu ușurință înainte de a intra în relația respectivă, apoi celălalt te *învață* că nu ești în stare, că doar el poate și brusc tu *uiți* cum se face. Nu mai plătești facturile tu, pentru că ți se spune că nu ești capabil, doar celălalt poate. Nu mai conduci, poate se întâmplă un accident, nu ești un șofer bun, doar celălalt știe. Îți este ștearsă în mod progresiv memoria asupra capacităților tale de multe ori native, până când se ajunge la un abuz sistematic. Puterea cea mai mare a unui abuzator este în perseverență și ciclicitate. Nu este un rău care se întâmplă separat, accidental, într-o circumstanță excepțională. Este un rău cu care ajungi să te obișnuiești, care ajunge să facă parte din viața ta până în punctul în care nu îl mai percepi ca fiind rău.

Raluca: O mare parte din victimele care ies din relații abuzive se întorc acolo ca și când nimic nu s-ar fi întâmplat tocmai din cauza a ceea ce ai explicat tu. Este o formă de rău cu care s-au obișnuit și pe care o percep ca fiind parte din rutina lor.

Tot din același motiv când cineva pleacă de lângă un membru al familiei care a fost un abuzator consideră că face un păcat, i se pare că greșește, pentru că dacă ai crescut într-un mediu abuziv ți se pare firesc să fii tratat într-un fel care da, pentru alte persoane este abuziv în mod cert, dar pentru tine este o formă de normalitate, pe care ai învățat să o accepți tocmai ca un mecanism de apărare care îți furnizează supraviețuirea în fața abuzului.

Ana: Este exact ca în cazul unor persoane care atunci când fac un atac de panică se manifestă extrem de vocal și au o criză de nervi. Uitându-te la acea persoană atât de furioasă nu ai crede vreodată că este speriată de ceva, dar în fapt furia pe care o manifestă este un mecanism de cooperare cu panica și disperarea care l-au invadat și nu îi mai permit să se controleze. Foarte mulți oameni care au crize de nervi cumplite de fapt sunt în mijlocul unui atac de panică. Așa se întâmplă și cu mecanismele de cooperare cu trauma, care în cazul unui copil, cresc odată cu el. Este drama fiecărui adult care crește într-un mediu familiar abuziv, în timp asta învață, să fie șmecher, să mintă, să îi înșele pe ceilalți doar ca să poată primi puțină atenție și afecțiune.

Raluca: Deci foarte multe comportamente pe care le considerăm normale, sunt de fapt mecanisme de cooperare cu traumele nevindecate?

Ana: Da. Şi revenind la ceea ce spuneam, manipulatorul care te-a făcut să ai încredere deplină în el, deţine o cantitate de putere pe care tu i-o oferi, prin simplul fapt că urmezi indicaţiile şi te conformezi cerinţelor sale, oricât de problematice sunt ele pentru tine. Scopul anulării identităţii de sine şi obţinerii obedienţei este reprezentat nu doar de validarea orgoliului său pe care o primeşte instant de la tine, ci în principal de faptul că altcineva o să facă tot în locul lui. Un abuzator nu munceşte în zadar: beneficiile obţinute sunt substanţiale şi ele merg de la bunuri materiale, securizarea situaţiei financiare, un loc mai bun pe scara socială, până la o viaţă de confort şi exonerare de la munca pe care se presupune că ar trebui să o depună în cadrul propriei familii. Practic, o iei pe scurtătură în orice ai de realizat iar la final nimeni nu se plânge, ci din contră, poţi culege chiar laurii muncii persoanei care este dispusă să depună această muncă în locul tău.

Raluca: Există un punct în fiecare relaţie unde predai controlul complet asupra ta? Şi aş vrea să mai adaug ceva, ceea ce tocmai mi-ai spus sună puţin ca un joc de putere. Dacă se ajunge în punctul în care cineva se joacă cu mine, oare nu particip şi eu la acest joc? Oare nu este şi vina mea? Că jocul nu se poate întâmpla decât dacă există doi participanţi.

Ana: În multe situaţii, atunci când eşti la limita puterilor emoţionale, financiare sau mentale, nu alegi să joci jocul celuilalt. Este o decizie care nu îţi aparţine dar pe care o pui în practică atunci când nu faci nimic ca să scapi de abuz.

Înfăţişarea unui om, studiile lui, promisiunile pe care ni le face, ne pot induce în eroare astfel încât să considerăm că suntem imuni în fața unei înșelăciuni sentimentale. Ceea ce bineînțeles că nu este adevărat, pentru că educația emoțională este diferită de personalitatea, caracterul și intențiile unei persoane față de noi. Cu toată pregătirea, conștientizarea și puterea interioară din lume, nu ești niciodată prea instruit să eviți emoția.

Și de fapt, emoția, nu ar trebui niciodată evitată sau dată la o parte, din contră, pozitivă sau negativă, ea întotdeauna este parte dintr-o lecție de viață pe care fie nu am învățat-o în trecut, fie ne-am confruntat cu ea de mai multe ori, dar nu am reușit să o asimilăm în așa fel încât de această dată reacția noastră să fie diferită, îmbunătățită.

Raluca: Pentru oamenii care folosesc manipularea în relațiile cu ceilalți, sunt excluse din discuție emoțiile?

Ana: Emoțiile nu sunt excluse, este vorba despre scopul lor. În relaționarea firească, unde nu există planuri ascunse și jocuri de putere, emoțiile sunt prezente, vin și pleacă. În relația cu un manipulator, emoțiile sunt de obicei la extrem, crizele de personalitate, dialogurile violente, reproșurile, sunt determinate de emoții intense.

Pentru că manipularea este o metodă de control, de reținere a unei cantități de putere pe care manipulatorul nu o poate lua altfel, este un dezechilibru foarte mare între ce simte victima și cum percepe manipulatorul comportamentul acesteia. În orice relație de manipulare și abuz, sincronizarea emoțională este absentă. Ca să poți fi sincronizat emoțional cu o persoană, este nevoie să fii implicat emoțional. Manipulatorul nu riscă să se implice emoțional, pentru că asta înseamnă să se plaseze pe același loc cu victima și să fie vulnerabil, să aibă scăpări, să piardă controlul. Din secunda în care începe să simtă ceva, orice, manipulatorul este în pericol nu doar să își piardă puterea asupra victimei, dar și să fie expus de către aceasta pentru ceea ce a făcut greșit, în trecut.

Raluca: Ca să înțeleg mai bine, într-o relație normală, eu spun ceva, tu răspunzi, eu cred ceva, tu crezi altceva și așa mergem mai departe. Este o dinamică relațională care ne permite fiecăruia dintre noi să ne exprimăm în modul nostru unic, nepierzând în același timp contactul cu celălalt. Atunci când vine vorba de manipulare, însă, victima nu mai ajunge să își exprime în mod fluent și facil părerile, trăirile, stările, ci totul este controlat de ceea ce își imaginează că așteaptă manipulatorul de la ea.

Ana: Da, uite, îți dai seama foarte simplu că ești manipulat dacă tot timpul stai să te gândești cum interpretează cealaltă persoană ce simți și crezi tu. Dacă trebuie să stai să îți retușezi reacțiile, să îți controlezi emoțiile, să îți cosmetizezi în vreun fel trăirile, atunci există undeva o teamă. Teama aceea a fost generată de un stimul din exterior, iar stimulul poate fi reacția posibil violentă a manipulatorului, în cazul în care cerințele sale nu sunt satisfăcute.

Când ești lângă o persoană care nu te manipulează, te simți în siguranță din punct de vedere emoțional, nu ajungi niciodată la extrema negativă sau pozitivă. Nu îți controlezi reacțiile, nu trebuie să te abții de la nimic din ceea ce ai face în mod normal. Nicio persoană nu poate fi ea însăși, nu poate descoperi cine este cu adevărat, atât timp cât stă lângă un manipulator.

Raluca: La ce anume te referi când spui extremă pozitivă sau extremă negativă?

Ana: Păi, încerci să compensezi lipsa de afecțiune sau atenție, fiind excesiv de amabil, drăguț și zâmbitor chiar și atunci când nu simți să faci asta, de teamă că manipulatorul tău ar putea fi deranjat de reacția ta autentică. La fel, extrema negativă este aceea în care pari mereu nemulțumit de tot ceea ce se petrece în relația cu manipulatorul, pentru că acestuia nu îi place să te vadă fericit/ă și ar putea crede că există un motiv ascuns pentru care ai o stare de bine.

Raluca: Cum se face această împachetare a ta și expediere completă a tot ceea ce ești către celălalt? Este un act conștient de renunțare la identitatea ta sau mai degrabă o necesitate inconștientă izvorâtă din rănile emoționale nevindecate pe care le târăști după tine în relația cu manipulatorul?

Ana: Capacitatea unui om care nu are sentimente, de a se juca cu mintea și sufletul tău, este infinită. Dacă tu ai sentimente, ești vulnerabil, ești tot timpul acolo, în vizor, iar celălalt are acces la toate informațiile despre tine.

Nu știi niciodată ce va face un manipulator, pentru că nu simte o emoție care să producă un comportament de afecțiune reciprocă. Faptul că nu simte emoție și vrea să se joace cu mintea ta, îi asigură o poziție de pe care poate să opereze extrem de lucid. Eu când sunt prezent în emoția mea, dacă am sentimente față de cineva, nu pot să-mi gândesc comportamentul de așa manieră încât să obțin ceva de pe urma cuiva, să-i fac pe ceilalți să se comporte într-un anume fel, tocmai pentru că sunt preocupat să-mi exprim emoțiile și să-i arăt celuilalt ce simt.

Raluca: Persoana care se joacă cu mintea noastră nu este niciodată interesată de stabilirea unei conexiuni autentice, tu nu ești o ființă emoțională pentru acest om: tu ești o bucată din puzzle ul de care el are nevoie ca să își satisfacă ceea ce plănuiește. Care sunt metodele prin care o persoană se joacă cu mintea ta?

Ana: Metodele de manipulare sunt câteodată extrem de subtile. Spre exemplu, te va face să crezi și să spui lucruri pe care el le crede și le simte, dar pe care tu nu le crezi și nici nu le simți dar le vei spune și le vei face de dragul acestei persoane pentru a o vedea satisfăcută și mulțumită. Cu toate acestea, niciodată nu va exista recunoaștere deplină a faptului că *Da, ceea ce tu faci este pe placul persoanei respective.* Alt exemplu ar fi că, dacă manipulatorul greșește, vina va fi exclusiv a ta, niciodată nu există vină comună sau asumarea în vreun fel a responsabilității.

O altă metodă de manipulare este un comportament contradictoriu, de la foarte apropiat la foarte distant. Acum e totul minunat, în următorul moment avem senzația că am fost loviți de cutremur și nu știm ce s-a petrecut, unde să ne adăpostim. Fluctuațiile de stare și dispoziție sunt permanentizate în interacțiunea cu un manipulator. Niciodată nu vei ști motivele pentru care ești pedepsit, dar vei fi pedepsit în mod constant.

Raluca: Această metodă de manipulare și abuz emoțional este una foarte interesantă pentru că pe de o parte eu pot să primesc semnale foarte clare că celălalt are sentimente față de mine, putem să trăim niște momente foarte frumoase împreună, poate să existe între noi o compatibilitate excelentă, dar pe de altă parte este adevărat doar pentru mine, nu este adevărat și pentru celălalt. Tu nu ești luat în calcul de manipulatorul tău drept o variantă pentru un viitor împreună, nu există compasiune față de tine sau durerea pe care abuzul ți-o provoacă. Pentru că el nu simte durerea ta, dacă tu ai vreo problemă o ignoră cu desăvârșire.

Ana: Manipularea nu include multe cuvinte tocmai de aici vine și dificultatea în a o identifica. Dacă un om vorbește cu mine și spune *Cât poți să fii de proastă, mă enervezi du-te mai încolo* dacă cineva, mă înjură sau mă jignește eu înțeleg care e poziția celuilalt și pot lua atitudine . Pot să mă apăr, pot să mă retrag în altă parte, sunt mai multe acțiuni pe care pot să le întreprind din acel moment. Dar dacă celălalt nu spune nimic și doar are acest comportament pasiv-confuz, de la cald la rece, eu sunt complet blocat, nu am cum să mă duc nici în altă direcție către altcineva, pentru că sunt foarte preocupat să rezolv acest puzzle extrem de interesant, să văd ce se întâmplă în acest film de acțiune? Oare ce va face protagonistul?

Eu sunt mânat de celălalt să răspund manipulării, în momentul în care vede că am plecat un pic vine după mine și o luăm de la capăt. Un om care este dispus să se joace cu sufletul tău este un om care e obișnuit să calce peste sufletele celorlalți, este o persoană pentru care suferința celorlalți nu înseamnă nimic, adică înseamnă modalitatea lui de a lua tot ce se poate utiliza de pe urma lor și atunci când nu mai sunt de folos, ei sunt dați la o parte fără comentarii sau remușcări.

Raluca: Pentru persoana care iubește un manipulator, situația asta este ca o boală?

Ana: Pentru oamenii care iubesc un manipulator, toată această situație se resimte ca o capcană în care te-ai băgat cu bună știință, este ca și când suferi de o boală terminală, doctorul ți-a mai dat câteva zile sau săptămâni de trăit și încerci să găsești un tratament, dar nimeni nu are ce tratament să-ți dea și îți aștepți sfârșitul cu resemnare. Este o moarte continuă pentru că în fiecare moment când sufletul meu nu primește adevăr de la celălalt, când nu primește emoție adevărată, ajunge într-o stare de tristețe și durere care nu îi mai permite să se conecteze ca să-și ia energie de la alte suflete.

Raluca: Adică nu mai reușesc să accesez partea bună a lucrurilor din viața mea, nu mai reușesc să văd nimic în afară de persoana care se joacă cu mintea mea? Acest om devine centrul universului meu, el este motivul pentru care eu sunt trist dar este singurul motiv care îmi aduce bucurie. Un paradox, nu? De ce se întâmplă asta?

Ana: Pentru că am devenit dependent, este o dependență pe care nu o mai controlez, ea pur și simplu este parte din mine. Iubirea este o formă de simțire care implică responsabilitate și maturitate, care vine la pachet cu foarte multă suferință, slăbiciune, neputință, cu foarte multe probleme, iar o persoană care te manipulează nu vrea probleme. Nu există niciodată dialog autentic între un om care se joacă cu mintea ta și persoana ta, mai exact tu nu poți să îi spui acestui om *Știi, mă doare asta, sufăr din cauza asta* pentru că nu îl interesează, pentru că emoția ta este o pierdere de timp pentru el și singura perspectivă din care se poate uita la emoția ta este cu satisfacția faptului că tu ești acolo. Este foarte important ca tu să fii acolo prins, în acest joc. Bineînțeles, așa cum ești tu în joc, pot să mai fie și alți oameni în aceeași situație ca tine. Se prea poate ca această metodă pe care o folosește cu tine să o folosească pentru a obţine absolut tot ceea ce îşi doreşte. Argumentul tău, că eşti sincer şi că simţi iubire pentru el nu îl interesează, pentru că nu asta îşi doreşte de la tine.

Raluca: Deşi ar putea fi o relație funcţională, pur şi simplu nu vrea conexiune autentică?

Ana: Nu. Nu vrea o conexiune în care să fie văzut aşa cum este, pentru că a fi văzut aşa cum eşti înseamnă să fii şi slab, atunci când te doare.

Oamenii pe care îi iubim au acces la noi în toate variantele noastre şi noi avem acces la ei în toate variantele lor, ne suportăm şi ne sprijinim unii pe alţii, pentru că este iubire. Cu atât mai mult cu cât este iubire, când un om pe care îl iubesc este slab, eu sunt acolo prezent lângă el să îl sprijin. Dar atunci când vorbim de cineva care se joacă cu mintea şi sufletul tău, vorbim de control. O persoană care te manipulează trebuie să fie tot timpul într-o poziţie de control.

Raluca: Și acest control cum se obține?

Ana: Controlul se instalează, în primul rând, prin acte de iubire vizibile, care sar în ochi și au rolul să te impresioneze. În primă instanţă se obţine prin cedarea aparentă a controlului ție, manipulatorul se arată deschis, blând şi sensibil faţă de tine. Apoi, odată ce ai răspuns şi te-ai deschis emoţional, începe ce-a doua etapă, vulnerabilizarea ta emoţională.

Raluca: Acest control se păstrează prin faptul că eşti într-o stare de confuzie permanentă?

Ana: Da. Starea de confuzie generează speranţă în sufletul tău. Dar această speranţă nu este una pozitivă, nu este ceva care te ajută să mergi mai departe, ci este o speranţă maladivă, care pe tine te îmbolnăveşte, pentru că tu aştepţi continuu acea zi, acea dimineață când manipulatorul tău emoțional se trezește și zice *De astăzi nu am să îmi mai bat joc de emoțiile oamenilor și nu-i voi mai manipula emoțional. Tu ai fost tot timpul lângă mine și vei primi premiul cel mare, uite inima mea.* Acest lucru nu se va întâmpla din toate motivele pe care le-am enumerat până acum. Dar mai ales nu se va întâmpla pentru că în mintea unui manipulator emoțional, controlul pe care îl exercită asupra celorlalți este singura certitudine că ei pot rămâne lângă el. Dacă nu stau pentru iubire, atunci trebuie să stea din cauza dependenței.

Raluca: Interesant. Deci dacă tu nu ai niciun motiv să îți placă de mine, o să te fac dependent de o imagine pe care ți-o creez despre mine, ca să rămâi?

Ana: Un manipulator se gândește în felul următor *Cum anume pot eu să ies în evidență, ce anume pot să-ți fac eu ție ca să te fac să te gândești doar la mine? Ce să fac ca să-ți pese doar de mine?* Tu nu poți să aduci un beneficiu real vieții lui, poți să suplinești doar o nevoie pe care nimeni altcineva nu i-o poate satisface într-un anumit moment al vieții sale. Atunci vei fi păstrat, dacă nu satisfaci în mod activ una dintre nevoile sale, ești considerat inutil. Multe victime ale unui abuz povestesc *Era atât de interesat la începutul relației noastre, am fost împreună mult timp și era totul foarte bine apoi dintr-un moment pare că nu îl mai interesează nimic, s-a schimbat total, este altcineva.*

În fapt, manipulatorul nu s-a schimbat, doar că dintr-un anumit punct nu mai simte nevoia să se prefacă, s-a acomodat foarte bine în relație, este extrem de confortabil și acum își arată exact adevăratele trăiri și emoții, care sunt complet diferite de ceea ce a prezentat la început. Nu este altcineva decât era la început, este altcineva decât ți-a fost prezentat ție că este de fapt.

Raluca: Manipularea într-o relație seamănă cu un joc de strategie. O persoană care se joacă cu mintea ta este un strateg care știe exact cum și în ce fel să înainteze în relația cu tine. Un om care este sincer este vulnerabil în absolut orice circumstanță s-ar afla: cât timp suntem sinceri cu emoțiile noastre și cât timp principiile noastre de viață includ sinceritatea există această posibilitate de a fi întotdeauna exploatați emoțional, de a fi manipulați de oameni care nu sunt sinceri, însă absolut de fiecare dată sinceritatea câștigă.

Cred că poți ieși dintr-o relație cu un manipulator doar dacă ești sincer cu tine și recunoști că acest om nu te iubește, nu te va iubi vreodată, nu este interesat de tine și te oprești din a te minți singur că această persoană va putea să vadă în tine mai mult decât mijlocul pentru îndeplinirea unui scop exact.

Ana: Orgoliul nostru și speranța aceea maladivă de care vorbeam mai devreme ne spun *Nu-i adevărat, tu prin felul tău de a fi și datorită faptului că îl iubești sincer pe acest om o să îl determini să renunțe la aceste convingeri, o să-l determini să fie altfel, tu o să fii schimbarea pe care el a chemat-o în viața lui.* Ce faci acum? Te minți singur și contrazici chiar faptele din cadrul relației voastre care îți arată că nu e așa.

Nu ești sincer cu tine pentru că te doare foarte tare acest adevăr, că cineva se joacă cu mintea și cu sufletul tău, că nu e interesat de tine, că nu te iubește. Este un adevăr foarte dur, dar este singurul fel prin care tu poți câștiga.

Tu nu ai altă șansă cât timp din partea ta va exista și cea mai mică îndoială că manipulatorul te-ar putea iubi sau cât timp spui *Dar el mă iubește.* OK, să presupunem că ai dreptate, ce poți să faci tu cu "iubirea" care te omoară? Iubirea nu înseamnă rană, iubirea nu înseamnă umilință sau confuzie. Dacă iubești și ești iubit nu o să aștepți disperat să vezi care este următoarea mișcare a strategului tău preferat, cum anume va reacționa la ceea ce spui? Există ceva la tine din ceea ce tu faci sau spui care nu este pe placul lui?

Raluca: Mi se pare relevant în acest context să menționez că o persoană care se joacă cu mintea ta are o strategie ofensivă extraordinară, mereu va fi vina ta, o să atace înainte ca tu să poți să te aperi. Dacă eu te atac pe tine, din start nu este vina mea, pentru că îți reproșez ție ceea ce eu fac greșit și prin urmare tu vei fi mai preocupat să te aperi, decât să vezi că este vina mea. Poate tu nu îți imaginezi că cineva și-ar putea folosi timpul, viața, resursele emoționale ca să facă rău unui alt om, cu atât mai mult unei persoane care are sentimente adevărate față de ea.

Ana: De obicei, cele mai dramatice cazuri de pierdere a identității pe care o persoană le suferă sunt atunci când are sentimente foarte puternice față de manipulatorul emoțional.

Raluca: Ce se întâmplă în cazul în care o persoană se joacă pe termen lung cu sufletul tău?

Ana: Din punct de vedere emoțional, identitatea mea emoțională este centrată exclusiv în jurul abuzatorului meu, el devenind reperul meu: toate acțiunile mele se învârt în jurul acestui abuzator. Starea de dependență emoțională extremă este atunci când doar validarea abuzatorului mă scoate din starea de tristețe în care el m-a băgat.

Cercul vicios al dependenței emoționale este foarte periculos: eu sunt într-o stare de tristețe pentru că abuzatorul meu nu mă validează, acționez apoi pe placul lui și abuzatorul mă validează, primesc o stare temporară de fericire după care această stare temporară de fericire este distrusă iarăși de ignoranța, abuzul și de indiferența abuzatorului față de mine.

Raluca: Dar, ca să îți mențină interesul activ, manipulatorul te ignoră apoi îți oferă iarăși puțină atenție, desigur atunci când crede și vrea el, niciodată când ceri tu, și ajungi din nou în acea stare de tristețe inițială. Practic îți petreci viața între agonie și extaz, rutina ta este un carusel de emoții și între timp ai încetat să mai fii prezent viața ta. Tu nu mai exiști, ești doar o bucățică, o parte, din ceea ce manipulatorul emoțional îți permite să fii.

Ana: Rolul meu în viața mea este decis de el, dependența mea poate să fie atât de profundă încât să mă duc înspre această persoană de fiecare dată, deși știu foarte bine ce mă așteaptă.

Raluca: De ce ne ducem unde ne-a fost rău de mai multe ori, cu așteptarea că de data asta nu va mai fi așa?

Ana: Deși am înțeles foarte bine ce poate acest om să facă, dependența mea este mai puternică decât rațiunea. Pentru că manipulatorul s-a jucat cu mintea mea până când ea a devenit o minge de plastilină, pe care doar el știe să o modeleze.

Raluca: Cum scap din această situație, ce fac după ce am înțeles că sunt manipulat?

Ana: În primul rând, scapi dându-ți seama că cineva se joacă cu tine. Atât timp cât există bănuiala ca nu este așa, atât timp cât te autoiluzionezi şi te minţi că celălalt este nevinovat, că nu ştie ce face, nu o să reuşeşti să scapi. Poţi pleca fără să simţi nevoia să te mai întorci dacă ajungi la o înţelegere profundă a faptului că cineva se joacă cu mintea ta. Ca să pleci trebuie să dispară acea falsă viziune pe care tu ai construit-o în mintea ta despre abuzatorul tău, trebuie distrusă identitatea idealizată a manipulatorului, construită pe baza convingerilor tale, şi nu pe baza realităţii. Atât timp cât nu vei reuşi să separi versiunea din mintea ta pe care tu ţi-ai creat-o despre acest om de faptele sale reale, nu vei reuşi să scapi de manipulare.

Raluca: Şi apoi, după ce ai parcurs această etapă, ce este de făcut?

Ana: O persoană care se joacă cu mintea ta te face să-ţi pierzi complet încrederea în tine, te face să-ţi pierzi complet încrederea în felul în care arăţi, în ceea ce crezi, în ceea ce simţi, până la urmă pierzi contactul cu ceea ce eşti.

Aşa că următoarea etapă este reconstruirea încrederii în propriile forţe, vindecarea rănilor emoţionale şi mai ales recuperarea bucăţilor de suflet pierdute. Aceste trei elemente sunt de o importanţă vitală în vindecarea autentică şi profundă a fiinţei tale emoţionale.

Raluca: Deci după ce ţi-ai luat înapoi sufletul de la celălalt, te apuci să îl vindeci? Trebuie să fie cumva din nou al tău, să înveţi să îţi aparţii ţie?

Ana: Da, pentru că în relaţia abuzivă nu a mai fost vorba deloc de tine. Ai trecut printr-un proces de stagnare emoţională şi spirituală care nu ţi-a mai permis să accesezi nevoile tale emoţionale, singurul gând a fost *Ce anume ar trebui să fac ca să-i fiu pe plac acestui om*. Apoi, ţi-ai inventat o *persona* capabilă să conviețuiască cu abuzatorul și să corespundă în totalitate cerințelor lui. Acum, ești ca un nou-născut, iei totul de la capăt, începi o nouă viață. Doar că ești un nou-născut nevoit să renască din propria cenușă, și procesul de renaștere este cel care va determina viitoarea ta nouă viață. Dacă parcurgi cu onestitate și muncă toate etapele în parte, vei avea parte într-adevăr de o nouă viață.

Raluca: După o relație cu un manipulator, starea pe care o ai este că ai fi putut face mai mult, sau că poate ai făcut prea puțin. Din toată povestea, vinovatul ești tot tu.

Ana: O relație abuzivă te lasă cu niște sechele serioase în ceea ce privește întreaga ta viață, îți răvășește toate prioritățile și te întoarce pe dos. Cât ești prins în acest joc există o curiozitate permanentă, vrei să vezi ce se întâmplă până la urmă, care e deznodământul? Vestea cea mare e că nu există un deznodământ, manipularea nu ia sfârșit niciodată. Tu ești un hamster care aleargă pe o rotiță, dar până nu o să scoți hamsterul de pe rotiță nu o să știi cum e să nu alergi constant pentru atenția și aprecierea celuilalt.

Când stai într-o relație abuzivă nu mai ai limite emoționale, nu mai există o limită între abuz și toleranță, între ceea ce ai nevoie și ceea ce te rănește.

Raluca: Revenim la ceea ce ai spus tu mai devreme, legat de conștientizare și încrederea în sine: nimeni nu o să poată vreodată să se joace cu emoțiile și gândurile mele cât eu am încredere în mine, cât am în viața mea oameni care mă iubesc cu adevărat. Dacă eu sunt bine cu mine înseamnă că am limite emoționale sănătoase pentru că știu ce îmi doresc de la ceilalți, pentru că sunt capabil să recunosc iubirea și în momentul în care cineva este opusul a tot ceea ce eu consider că este sănătos și valid pentru mine, nu aleg acea relație.

Ana: Limitele emoționale sănătoase înseamnă că nu permit acelei persoane să intre în viața mea, în spațiul meu emoțional. Doar în momentul în care există nesiguranță, confuzie, disperare sau frică, atunci persoana care se joacă cu mintea mea reușește nu doar să își facă loc în viața mea, dar și să păstreze acest rol. Ce este mai grav, acesta devine și rolul vieții mele pentru că eu sunt acea victimă, erou în mintea mea, care încearcă cumva să își înfrângă abuzatorul la propriul joc. Dar acest joc nu este făcut de mine, iar creatorul jocului va ști cum să câștige de fiecare dată.

Raluca: Și cum poate câștiga victima în fața abuzatorului? Câștigul fiind în acest context eliberarea de manipulare.

Ana: Singurul mod prin care poți să câștigi este să nu te mai joci acest joc. Să lași în urmă absolut tot, să întrerupi orice legătură cu abuzatorul tău.

Raluca: Adică să nu mai comunici, să nu vă mai vedeți niciodată?

Ana: Da, de cât de mult *niciodată* ești în stare tu. Și pentru asta trebuie să nu mai ai vreo așteptare, ci doar să te bucuri că ai scăpat cu viață. În fiecare moment când stai fără acel om să faci o plecăciune de mulțumire în fața Divinității și în fața ta, cel care a avut puterea și curajul și determinarea să se salveze de la ceva care însemna boală, moarte și închisoarea sufletului.

Raluca: Deci prima mână întinsă de care trebuie să te prinzi ca să poți scăpa din relația abuzivă, este a propriei persoane.

Ana: Sunt foarte multe situații în care nu e nimeni lângă noi, să ne apere sufletul și mintea. Cine e acolo? Doar noi. Nu e logic că dacă noi suntem persoana care cuprinde această minte și acest suflet să ne îngrijim de buna lor funcționare? Ce să facem, să angajăm un gardian de la o firmă de pază să ne păzească de ceea ce gândim și simțim?

Doar eu pot fi gardianul gândurilor mele și emoțiilor mele. Eu pot să văd când vine cineva și mă strivește emoțional, mă abuzează, își bate joc de mine. Trebuie să nu mă autoiluzionez, să fac asta din orgoliu și să spun *Nimeni nu ar putea să se poarte așa cu mine, eu nu merit asta.* Sigur că ar putea să se poarte oricum cu tine, nimeni nu îți datorează nimic, dar este datoria ta să iei ce îți face bine și te ajută de la viață și de la ceilalți. Conștientizarea a ceea ce suntem și ne dorim de la noi înșine este cheia nu doar a îndepărtării de o relație abuzivă, ci și posibilitatea evitării unor astfel de persoane și de situații, care ne pot da peste cap într-un fel pe care nu l-am fi putut anticipa niciodată, care ne pot lua sensul vieții.

Eterna reîntoarcere: relația karmică și lecțiile sufletului din eternitate

Raluca: Termenul acesta de *karmă* a devenit foarte cunoscut în ultimii ani, şi foarte contestat deopotrivă. În sensul în care el nu este un concept din creştinism, ci mai degrabă din zona budistă care se referă la faptul că orice acţiune de ordin fizic sau spiritual declanşează o consecinţă asupra vieţii persoanei care o întreprinde. Karma este activă şi prezentă în tot ceea ce facem, în fiecare moment al existenţei noastre, fără excepţie: mai devreme sau mai târziu, consecinţa acţiunii mele se va manifesta în viaţa mea.

Ana: Dacă aş merge pe firul deschis de tine în această frumoasă prezentare, aş adăuga că aceste consecinţe sunt descrise de budişti drept bagajul pe care îl luăm cu noi în toate întrupările viitoare: practic, fiecare nouă existenţă este o continuare a ceea ce s-a petrecut în trecut, pe de o parte, şi pe de altă parte este o vindecare pentru ceea ce a rămas nerezolvat de atunci. Toate nedreptăţile, faptele bune, relaţiile benefice sau toxice, devin parte din bagajul karmic pe care ajung să îl despachetez în fiecare nouă existență în parte.

Raluca: Da. Și aș vrea să mai precizăm și că acest bagaj de care ai vorbit mai devreme nu este ceva rău, *karma* nu este o pedeapsă și nu corespunde noțiunii de păcat din alte credințe religioase. Este exclusiv rezultatul alegerilor tale, tu îți faci rău alegând ceva, tot tu ai la dispoziție instrumentele să repari acel rău. În acest context, relația karmică este unul dintre principalele modalități de creștere și evoluție, ce metodă mai bună să înveți despre ce ai de vindecat dacă nu în confruntarea cu aceste aspecte în persoana iubită?

Ana: Ai punctat foarte bine, conceptul de *karma* este unul religios si filosofic, dar extrem de pragmatic: primești ce dai. Primești înapoi tot ceea ce tu ai cultivat în relațiile tale cu ceilalți. *Karma* sau *Kamma* este un cuvânt indian și înseamnă „acțiune", „muncă". Provine de la verbul *kara* care înseamnă „fac, acționez". În greacă avem și cuvintele „fac, am făcut" care sunt probabil de origine lingvistică indo-europeană din cuvântul indian „Kamma", sau „Karma" și au sensul de „act făcut".[11]

Raluca: În esență, Karma indică intențiile noastre bune și rele (kusala-, akusala-cetanā). Aceste intenții se manifestă ca fapte bune sau rele având efecte asupra corpului nostru fizic, felului în care comunicăm ceea ce simțim și a modului în care funcționează mintea noastră. La rândul lor, acțiunile noastre aduc rezultate numite „karma-vipāka", adică: rezultatul, consistența, rodul acțiunilor,

---

[11] Grego Robert Ellwood (autor), Gregory D. Alles (Editor) *The Encyclopedia of World Religions*, Facts on File, 1998.

"maturizarea" fructului intențiilor în rodul unor acțiuni concrete.[12]

Ana: Karma este un concept budist, dar această idee o întâlnim reprezentată sub o formă sau alta în toate religiile lumii.[13] Mircea Eliade[14] descrie foarte bine conceptul de *karmă* din gândirea indiană drept "eterna reîntoarcere" care implică revenirea la existență prin forța karmei, legea cauzalității universale. Tot Mircea Eliade asociază conceptul de *karmă* cu iluzia cosmică (mayo), care înseamnă veșnica întoarcere la existență, adică prelungirea nedefinită a karmei rămase neconsumată din fiecare existență. Singura speranță devine reîntoarcerea la existență, abolirea karmei; cu alte cuvinte, eliberarea finală (*mksha*), implicând o transcendență a karmei acumulate. Și în Grecia întâlnim mitul eternei întoarceri iar filozofii greci din perioada târzie vorbesc despre o sumă a tuturor existențelor anterioare pe care o găsim în fiecare întrupare în parte, neatinsă de timpul care a trecut între întrupări, și care reproduce întregul ciclu karmic deschis prin acțiunile noastre într-o anumită existență.[15]

Psihologii experimentaliști de la începutul secolului al XX-lea se duc un pic mai în profunzimea problemei și ajung la concluzia că din ceea ce suntem în timpul vieții, ceea ce rămâne cu adevărat după moarte este spiritul

---

[12] Idem

[13] Gananth Obeyesekere, *Imagining Karma: Ethical Transformation in Amerindian, Buddhist, and Greek Rebirth*, Berkeley, CA: University of California Press, 2002.

[14] Mircea Eliade, *The Sacred and The Profane: The Nature of Religion*, Harcourt Brace Jovanovich, 1987, pp.108-110.

[15] Idem, p. 112

nostru, numit de fizicienii cuantici drept *conştiinţă cuantică*.[16] Această formă de conştiinţă este cercetată de către fizica cuantică prin numeroase experimente în care practic vedem că tot ceea ce suntem în această viaţă are un punct central: o formă de energie nemuritoare care nu face altceva decât să se transforme, să crească şi să evolueze în funcţie de ceea ce gândim, simţim şi înfăptuim în această existenţă.[17]

Raluca: Fie că ne place să recunoaştem sau nu, suntem suma tuturor experienţelor noastre de până acum, suntem moştenitorii unui anumit bagaj genetic şi spiritual pe care îl manifestăm în tot ceea ce împlinim în viaţa noastră. Dacă nu am învăţat lecţia eliberării de ataşament, relaţia karmică se repetă în multe conjuncturi din viaţa noastră.

Ana: Da. O relaţie nu se încheie atunci când eu decid asta cu mintea mea, ci abia atunci când am epuizat la nivel emoţional toate resursele faţă de relaţia respectivă şi nu mai am nicio conexiune, din punct de vedere energetic sau emoţional, cu omul respectiv. Degeaba îi spun acum partenerului meu *Ne-am despărţit, totul s-a încheiat* dacă între noi există o bucată de acumulare karmică pe care o avem de traversat. Din punct de vedere logic am luat o decizie, însă sufletul meu urmăreşte în continuare cantitatea de trăire neconsumată de noi şi spune *Nu, această relaţie nu s-a încheiat, vreau înapoi*. În multe cazuri vrei să pleci de lângă un om, eşti conştient că nu faceţi decât să vă răniţi reciproc, dar ceva nu îţi dă voie să pleci. Relaţia continuă

---

16 Amit, Goswami, *Creativitate cuantică*, Editura For You, 2017.

17 Ana Maria Ducuţă, Perspectiva istorică asupra fenomenului spiritist din România, Editura Pro Universitaria, Bucureşti, 2019.

deşi tu eşti o persoană raţională, care a înţeles că nu îi este bine dacă merge mai departe lângă acest om.

Raluca: Multe persoane, după ce le povesteşti prin ce treci te întreabă *De ce nu pleci?* şi tu spui *Nu ştiu de ce, poate nu a fost momentul, poate ceva m-a ţinut în loc*. În fapt, nu pleci pentru că sufletul se întoarce după o lecţie karmică ori de câte ori este nevoie? Cum ştim că am învăţat o lecţie karmică?

Ana: O relaţie karmică se încheie în două moduri: în primul rând, plecând complet din relaţia respectivă. Opreşti orice legătura cu acel om. În al doilea rând, te vindeci tu pe tine de toate rănile şi lecţiile karmice, celălalt trece şi el prin procesul de vindecare. Relaţia voastră karmică ia sfârşit, începeţi o nouă relaţie în care nimeni nu mai are de plătit poliţe nimănui, şi sunteţi în iubire şi acceptare. Doi oameni pot avea o relaţie karmică un număr de ani, în care lucrurile sunt dificile şi uneori insuportabil de dureroase, urmată apoi de o perioadă de despărţire sau separare. Dacă fiecare şi-a învăţat lecţiile care generau relaţia karmică, pot să fie din nou împreună, de această dată într-o stare de acceptare care le permite să fuzioneze cu adevărat.

Raluca: Cum ştim că am învăţat o lecţie karmică?

Ana: În momentul în care nu mai doare, atunci când sunt în continuare cu acel om şi am încheiat relaţia karmică, putem să începem relaţia în armonie şi în iubire. Deşi noi suntem aceleaşi persoane, avem o relaţie complet diferită şi asta pentru că eu nu mai am o dependenţă emoţională, nu mai am un anumit ataşament faţă de persoana respectivă, iar ea nu mai este generatorul lecţiei mele karmice.

Raluca: Deci o relație karmică nu se încheie dacă într-o zi decid că m-am chinuit destul și vreau să termin orice conexiune cu celălalt, ci se încheie prin conștientizare.

Ana: Da. Conștientizarea vine în urma trăirii: nimeni și nimic nu poate să-mi ia o lecție karmică atât timp cât eu mă agăț de ea. Este incredibilă puterea noastră de a ne agăța de oameni care ne aduc suferință, este poate una dintre cele mai mari puteri pe care o are ființa umană aceea de a se minți că este iubită.

Raluca: Dacă această iubire nu există de ce facem asta?

Ana: Un răspuns ar fi că sufletul nostru are de închis un ciclu karmic cu persoana în cauză și avem nevoie să simțim toate emoțiile generate de întâlnirea noastră, iar un al doilea răspuns ar fi faptul că ne agățăm de o suferință pe care o cunoaștem și nu vrem să-i dăm drumul. Preferăm o durere familiară unei fericiri necunoscute, unei stări de disconfort care poate să aducă mult mai multă armonie, dar este asociată cu ceva necunoscut și posibil amenințător ordinii anterioare din viața mea.

Putem să ieșim dintr-o relație karmică și să încheiem acest ciclu de acumulare karmică în momentul în care suntem dispuși să renunțăm la suferință.

Raluca: Deci am nevoie să renunț la ceea ce eu cunosc, la ceea ce am trăit până ca să pot primi viitorul?

Ana: Da. Nu putem primi viitorul, nu-l putem îmbrățișa dacă avem brațele pline de trecut. Acesta vine tot timpul să ne arate unde stăm noi față de noi înșine, pentru că toate relațiile pe care le avem cu ceilalți, în fapt, sunt la baza singurei relații pe care noi o avem, adică relația cu noi înșine.

Singura relaţie pe care o dezvoltăm cu adevărat în această viaţă este relaţia cu noi înşine şi facem asta prin relaţionarea cu ceilalţi. Niciodată, această relaţie exterioară pe care o avem cu alţi oameni nu trebuie să ne facă să pierdem din vedere relaţia din interior, adică relaţia cu propriile emoţii şi trăiri. În momentul în care îmi înţeleg sinele ca pe un ansamblu de trăiri, nu mai pot să fiu crud faţă de mine şi nu mai pot să mă judec pentru ceea ce am greşit în trecut, pot trăi drept această persoană care conştientizează unde a greşit.

Raluca: Cât este de importantă conştientizarea atunci când vorbim de o relaţie karmică?

Ana: Doar prin conştientizare preiau responsabilitatea completă asupra mea. Reuşesc la nivel energetic să mă eliberez de rana profundă care generează durere şi confuzie şi cel mai important îmi dau şansa mie să primesc tot ceea ce urmează să mi se întâmple, fără să încerc să acţionez pe baza unui arhetip mental.

Raluca: Avem nevoie să înţelegem relaţia karmică ca pe ceva benefic? Deşi este foarte dureroasă şi imposibil de înţeles, ea nu este ceva rău care vine să ne distrugă, ci ne arată ce anume avem de învăţat de la noi înşine?

Ana: O relaţie karmică este cel mai bun instrument de învăţare. Lecţia este cum să nu mai cauţi iubirea la alte persoane care nu ţi-o oferă. Întotdeauna, într-o relaţie karmică, există o luptă a mea pentru validare, pentru afecţiune, pentru a fi văzut. Întotdeauna lucrurile par să meargă bine în relaţie, iar la un moment dat există un *hop* ceva care ne împiedică să fim bine. Se termină acolo viaţa mea? Exist eu şi în afara relaţiei mele? Ce mai am eu dacă omul acesta pleacă din viaţa mea sau nu este aşa cum mi-aş dori eu să fie?

Raluca: Deci procesul de vindecare de relaţii toxice merge în paralel cu descoperirea propriei identităţi. Eu văd acest proces drept adevăratul tău botez spiritual, pentru că eşti pe atât de împăcat cu tine, pe cât de mulţumit eşti de persoana ta, atunci când eşti doar tu tine. Am observat asta în cazul celor care au nevoie mereu de cineva lângă ei, ca să fie bine. Evită propria companie pentru că se simt singuri şi pustiiţi atunci când nu e cineva care să se pună între ei şi sinele lor. Cred că din cauza asta stăm în prietenii, relaţii romantice care nu înseamnă nimic pentru noi în esenţă, ci sunt doar un colac de salvare de la confruntarea propriilor emoţii şi stări, pe care dacă am rămâne cu noi înşine am fi nevoiţi să le înţelegem şi vindecăm. Uneori pare atât de greu să stai tu cu tine, dar este o terapie în sine, pentru că acolo este cheia şi răspunsul multor lacune şi dureri din relaţia cu ceilalţi, în ceea ce rezolvi tu cu tine. Şi mi se pare incredibil că refuzăm şansa aceasta, atunci când ne-am despărţit de cineva, când o rudă toxică ne abandonează sau pur şi simplu traversăm o etapă în care nu avem pe nimeni apropiat în viaţa noastră, ne temem de singurătate. Dar starea de singurătate poate să existe doar atât timp cât ne refuzăm propria companie şi nu rezolvăm cu nimic problema dacă fugim de noi înşine preţ de câteva luni sau câţiva ani, în relaţii de multe ori toxice, dar care sunt menit să acopere acest vid interior.

Ana: Da, şi relaţia karmică este unul dintre instrumentele cele mai eficiente în abordarea în profunzime a rănilor ascunse din subconştient. Asta se petrece ca urmare a faptului că eu nu am unde să mă mai ascund de durerea generată de partenerul karmic, durere care este întotdeauna bine înrădăcinată în aspectele ascunse și extrem de spinoase ale sinelui meu profund. Am putea să facem o delimitare între Sinele de suprafață, adică ceea ce arătăm în relația cu ceilalți, și Sinele nostru profund, ceea ce nu vede nimeni în afară de noi, și de foarte multe ori, ceea ce nici noi nu știm că se află în subconștientul nostru.

În relația karmică, aspectele ascunse din subconștient ies vizibil la suprafață și nu dispar decât prin experimentarea lor în mod activ, în relaționarea cu partenerul karmic. Este aproape incredibil cât de profund și intens îți atinge un partener karmic rănile emoționale și îți declanșează programele mentale negative. Și de fiecare dată totul se petrece cu o precizie chirurgicală, pentru că punctul vizat este exact ce doare cel mai tare și are cea mai mare nevoie de vindecare. De exemplu, dacă problema mea de fond este rana de abandon, partenerul karmic îmi va produce exact această traumă, în mod repetat. Și mă va durea până când mă voi detașa într-un mod care să împiedice expunerea mea viitoare la aceeași suferință. Vindecarea autentică înseamnă închiderea unei răni la nivel profund, iar locul din simțirea mea unde a fost această rană localizată va fi din nou viu și activ, odată ce rana s-a închis.

Pentru că multe persoane care suferă de răni emoționale își doresc să simtă bucurie sau implicare în relația lor, însă emoția toată se scurge zilnic către rana deschisă, pe care o alimentează cu tot ceea ce trăiesc în momentul prezent. Problema cea mai mare a rănilor emoționale deschise este aceea că ele interacționează permanent și cu toată emoția mea din momentul prezent, care nu este una negativă, dar ajunge să fie contaminată de energia dureroasă care este degajată de rana emoțională vie. Relația karmică vine și îți indică în mod clar unde și ce anume ai de rezolvat în primul rând în emoția ta. Ce te deranjează cel mai mult la persoana iubită? Faptul că te-a trădat? Faptul că nu este prezentă în relație? Sau faptul că ai senzația că nu își respectă nicio promisiune? Toate acele lucruri pe care le percepi drept deranjante, sunt în profunzime aspectele pe care le ai de vindecat la propria persoană și sunt aspecte definitorii pentru programul tău karmic, adică totalitatea lecțiilor tale karmice din această viață.

Ana: Da. Tocmai din această întrepătrundere între ce îmi doresc eu pentru mine și ce mi se întâmplă cu adevărat se naște lecția mea karmică. Este foarte important să înțelegem această dimensiune a sufletului pentru că astfel putem reconcilia conflictele interioare nerezolvate, cu cine suntem în momentul prezent. Putem să nu mai trăim o viață în care ne judecăm pentru că nu mai avem pe cine să dăm vina, ne dăm seama că noi suntem singurii responsabili. În clipa în care eu sunt responsabil pentru toată viața mea, atunci poate începe procesul de conștientizare.

Raluca: Dacă mereu partenerii mei sunt de vină și consider că eu nu am nicio responsabilitate, înseamnă că nu voi avea nici o bucurie din procesul de descoperire a ceea ce sunt. Până la urmă poți crede că nu ai nicio vină dar faptul că alegi să stai într-o relație toxică nu este în fond vina ta, pentru că tu alegi să fii abuzat, respectiv să cerșești iubirea cuiva care nu doar că nu ți-o acordă, dar alege să îți provoace suferință?

Ana: Da, este important să nu negăm suferința, să nu reprimăm nicio durere din trecutul nostru, ci să o recunoaştem. Contează să ne iertăm şi pe noi înşine şi pe ceilalţi pentru toate aceste dureri. Doar prin iertare şi conştientizare reuşim să ne eliberăm de plățile karmice. O plată karmică vine în viaţa noastră într-un mod extrem de ciudat, respectiv mi se pare că am pierdut foarte mult, că cineva a fost extrem de nerecunoscător.

Raluca: Dar prin acea suferinţă de fapt mi-am achitat o plată karmică?

Ana: Da. De fapt, eu ca suflet am făcut o plată karmică şi am mai scăpat de o parte din acumularea karmică, prin faptul că, iată, mi s-a făcut nedreptatea respectivă. Trebuie să lupt pentru mine, să fac tot ce pot dar şi să ştiu când să mă opresc, când îmi pun în pericol sănătatea mentală, emoţională şi fizică. Fiecare decizie pe care o iau în viaţa mea trebuie să aibă la bază această întrebare *Îmi pune acest lucru sănătatea mentală şi emoțională în pericol? Mă simt în siguranță emoțional şi mental dacă fac asta?* Şi dacă răspunsul este că *Nu, nu sunt în siguranță*, atunci înseamnă că acolo există ceva care trebuie investigat. Înseamnă că eu nu trebuie să mă bazez doar pe ceea ce mintea mea cunoaşte şi că trebuie să cobor un pic în ceea ce eu sunt. De foarte multe ori această simţire a noastră - unde se află toate informaţiile despre sufletul nostru-este căptuşită bine de tot de către mintea bombardată în permanență cu mii de informaţii. Dintre aceste informaţii poate niciuna nu este legată de întâlnirea karmică, ci doar de aspectele logice, raţionale ale relaţiei mele cu o persoană. O întâlnire karmică nu înseamnă doar suferință, ci dobândirea unei înţelepciuni a întâlnirii cu un alt suflet care se oglindeşte în tine.

Raluca: Cum se produce această oglindire a celuilalt în persoana ta?

Ana: Prin aducerea la suprafaţă a unor sumedenii de stări cu care în mod normal nu te-ai fi confruntat niciodată. Nu e suficient să-ţi doreşti o relaţie împlinită, este nevoie ca suma tuturor gândurilor, emoţiilor şi faptelor celuilalt să fie pe aceeaşi frecvenţă cu tine.

Raluca: Legea atracţiei este motivul pentru care ne urmăresc lecţiile karmice în orice relaţie am merge?

Ana: Da. Lega atracţiei care aduce o anumită lecţie karmică în viaţa ta înseamnă că eşti tot timpul conectat cu oameni care îţi arată exact în ce etapă din viaţa ta eşti. Dacă viaţa mea acum este un haos înseamnă că undeva m-am abandonat pe mine, am pierdut contactul cu emoţiile mele, cu tot ceea ce eu sunt şi am ieşit din scenă. Adică, nu am mai reuşit să atrag ceea ce îmi doresc pentru că nu am mai ştiut ce îmi doresc. Pentru oamenii care nu ştiu ce vor este puţin probabil ca aceştia să manifeste ceva care să-i ajute, ceva benefic pentru ei atât timp cât ei nu se află pe o anumită frecvenţă vibraţională.

Relaţia karmică nu are loc în viaţa mea fără un motiv. Motivul este întotdeauna ceea ce a rămas de rezolvat şi nevindecat. Probabilitatea ca o persoană să aibă o serie de lecţii karmice este foarte mare atunci când ea nu a reuşit să încheie legăturile pe care le are cu trecutul.

Raluca: Legăturile cu trecutul se referă la orice stare de vinovăţie, durere, sau frică care nu au fost vindecate încă?

Ana: Suntem legaţi de trecut atunci când nu iertăm, suntem legaţi de trecut atunci când considerăm că lucrurile puteau să fie altfel, că ar fi trebuit să fim trataţi mai frumos. Orice rană emoţională deschisă, din momentul prezent, ne ţine legaţi de trecut. Ca să se închidă, rana are nevoie să fie conştientizată.

O relaţie karmică este una în care te confrunţi cu toate rănile tale care zăceau deschise, dar neconştientizate. Tot ceea ce face o persoană în cadrul relaţiei karmice te declanşează emoţional, îţi apasă exact butonul care doare cel mai tare şi generează procesul de conştientizare. Odată ce tu înveţi lecţia-care de obicei este iubirea faţă de sine, iubirea în libertate, lipsa ataşamentelor mentale, dispariţia fricii într-o relaţie- dinamica din cuplu se schimbă. Este suficient ca unul dintre cei doi parteneri să treacă printr-un proces de conştientizare, pentru ca relaţia să se schimbe.

Raluca: Ce înseamnă asta?

Ana: Procesul meu de conştientizare va declanşa în celălalt propria sa trezire, ne vom armoniza şi completa reciproc. Mă voi rupe definitiv de ciclul repetitiv al relaţiei karmice, în care fac aceleaşi greşeli. Din clipa în care mă uit la rănile mele, începe schimbarea. Şi consecinţele sunt mereu benefice, fie că rămân lângă acea persoană, fie că ne separăm. Fie ne facem fiecare în parte procesul de conştientizare care ne scoate din bucla karmică repetitivă, fie ne separăm complet, întâlnirea noastră ia sfârşit definitiv şi sufletele noastre nu mai au nimic de împărţit.

Raluca: Este iubire în relaţia karmică? Sau ataşament?

Ana: Poate fi iubire, dar şi atunci când este prezentă, ea nu este manifestată într-un mod pozitiv, din pricina lecțiilor karmice. De obicei, relația karmică este plină de atașamente nesănătoase, *stringuri* energetice puternice care mă alimentează în permanență cu gândurile și trăirile celuilalt, lupte de orgoliu neîncheiate și etape de viață din care eu am ieșit mai neînțelegător decât am intrat. Iubirea din relația karmică este pusă în pericol de multiplele provocări care apar constant între cei doi parteneri. Prea puțin din această iubire este trăită în cadrul relației karmice, mai mult este prezentă durerea lecțiilor neîncheiate și lupta pentru a-l transforma pe celălalt în ceva ce el nu poate fi la momentul acesta de evoluție spirituală.

Raluca: Este o relație karmică predestinată?

Ana: Este predestinată de tine însuți/însăți, prin faptul că nu înveți din greșeli. Dacă ai un sac de neacceptări și furii din trecut, pe care le consideri vina celuilalt, asta faci, te programezi tu singur la nefericire, și te vei întoarce mereu în punctul de unde ai plecat, la lecția pe care nu ai învățat-o. De aici vine și similaritatea lecțiilor karmice: *Ce nu am reușit să integrez la timp, se repetă sub altă formă, ca eu să îmi iau în final trăirea de care am nevoie ca să fiu vindecat.*

Raluca: Îți mulțumesc, draga mea soră, pentru fiecare răspuns din această carte, care ne-a adus mai aproape de eternitatea de care mă temeam dar care fusese mereu, bine ascunsă, în sufletul meu și care era de fapt, acasă.

Ana: Și eu îți mulțumesc, Raluca, pentru că m-ai însoțit în această frumoasă călătorie, pe parcursul acestei cărți, către o bucățică din raiul pe care l-am primit atunci când ai apărut în viața mea, tu, sora mea. Este un rai pe care fiecare dintre noi îl găsim, pentru eternitate, în efemera viață de pe pământ, atunci când iubim. Te iubesc.

Bibliografie

Amit Goswami, *The Quantum Doctor: A Physicist's Guide To Health And Healing,* Hampton Roads Publishing Company, Incorporated, 2004.

Amit, Goswami, *Creativitate cuantică,* Editura For You, 2017.

Amy D. Owen, R. David Hayward, Loren L. Toussaint, *Forgiveness and Immune Functioning in People Living with HIV-AIDS,* 2011.

Ana Maria Ducuță, Perspectiva istorică asupra fenomenului spiritist din România, Editura Pro Universitaria, București, 2019.

Dr. Frederic Luskin, *Forgive for Good: A Proven Prescription for Health and Happiness,* Harper One, 2003.

Gananth, Obeyesekere, *Imagining Karma: Ethical Transformation in Amerindian, Buddhist, and Greek Rebirth,* Berkeley, CA: University of California Press, 2002.

Grego Robert, Ellwood (autor), Gregory D. Alles (Editor)*The Encyclopedia of World Religions,* Facts on File, 1998.

Janet, Pierre, *L'Automatisme psychologique: essai de psychologie expérimentale sur les formes inférieures de la vie mentale* (thesis), Felix Alcan, Paris, 1889.

Johari Harish, *Chakras: Energy Centers of Transformation*, Inner Traditions, 2000.

Mircea, Eliade, *The Sacred and The Profane: The Nature of Religion*, Harcourt Brace Jovanovich, 1987, pp.108-110.

Nakamura Hajime, *A History of Early Vedānta Philosophy (partea a doua)*, Motilal Banarsidass Publications, 1983.

Ranade Ramachandra Dattatrya, *A constructive survey of Upanishadic philosophy*, Bharatiya Vidya Bhavan, 1926.

Rubik, Beverly (editor), "Biofield Science and Healing: History, Terminology, and Concepts." *Global advances in health and medicine* vol. 4, 2015.

Samuel, G, Johnston, J., *Religion and the Subtle Body in Asia and the West: Between Mind and Body*. Routledge studies in Asian religion and philosophy, Taylor & Francis, 2013.

EVRIKA PUBLISHING

De vorbă cu mama

Autori: Ana Maria Ducuță
Nicoleta Profira Muntean

Format: 13 x 20 cm Nr. pagini: 304	Preț: 35,91 lei	Scanează codul!

EVR!KA
PUBLISHING